Rudolf Kinau · Mien Wihnachtsbook

Mien Wihnachtsbook

Allerhand bunte Steerns un Kringels

ut mien ool'n un nee'n Beuker

van
Rudolf Kinau

Quickborn-Verlag, Hamburg

Einbandzeichnung: Kurt Schmischke, Hamburg

Die plattdeutsche Schreibweise ist unverändert vom Autor übernommen worden.

23. Auflage 1982

ISBN Nr. 3-87651-009-0

Gesamtherstellung: Hans Kock Buch- und Offsetdruck GmbH,
Bielefeld

Seite

NIKOLAUS

Wi hebbt em freuher — as ick noch lütt wür — goar ne so kinnt, ober uns' Mudder hett uns mol allerhand van em vertellt.

„Bi uns in Oolland — an 'n Achterdiek", sä Mudder, „doar is mol son lütten Jungen wesen, van 'n Joahrer fief, de hett Klaus heeten, — un de hett ne recht mihr an den Wihnachtsmann gläuben wullt, un ook ne an den Ebär — dat de de lütten Kinner bringen deit. „Dat is all Tühnkrom", hett he segt, „dat snackt de Grooten uns blooß vör!"

Un as dat wedder Wihnachenobend is, un doar kloppt een van buten an de Dör un segt: „Könt de Kinner ook beden?" — do röppt de lütt Klaus: „Hoach, du büst jo goarkeen Wihnachtsmann! Du bist jo Peeter Hauschildt!" Un he lacht doar noch bi, un geiht son beeten no de Dör ran, — — un mitmol langt doar son groote Hand üm de Eck, un krigt den lütten Klaus fot, un stickt em in'n grooten Sack, un nimmt em mit. Un as se buten sünd — vör de Husdör, do fleit he up 'n Finger, un hult mit em af — hooch dör de Luft, un wied öber Land.

Un de lütt Klaus schreet un beddelt: „Lot mi doch rut, un sett mi wedder doll! Ick will 't jo ook ne wedder doon!" Ober dat hilpt em nu all nix, he sitt in 'n Sack un mütt mit, — de ganze Nacht — hooch dör de Luft un wied öber Geest un Heid.

Ierst as 't Dag ward, mokt de groot Kirl den Sack open un schütt em ut, un Klaus fallt so sinnig up son groote feine Wisch rup, — de steiht ganz vull Bloomen, — un all de Bloomen schreet un lacht as lütte Kinner. — Un as Klaus sick mol richtig ümkickt, de sünd dat würklich luder lütte Kinner, — de liggt doar all so in 't Gras un luert. —

Un nu kummt doar mitmol son grooten Ebär anfleegen, un seilt mit sien grooten Flüngen dicht öber jem langs. Un all de Kinner roopt: „Hier, Ebär! Hier! Nehm mi!“

Un nu sett un hukt de Ebär sick dol, un nimmt een son lütt Kind up ’n Puckel, un seilt doar mit af. — Un van de anner Siet kummt al wedder ’n annern Ebär un holt sick ook een.

Un de lütt Klaus sitt doar ’n ganze Tied in ’t Gras, un kickt un hört sick dat all mit an. Un toletzt fangt he ook mit an to roopen: „Hier, Ebär! Hier! Nehm mi!“ — — Un do kickt de Ebär sick üm un fangt an to lachen: „Di —? Ne, mien Jung, — du büst mi to groot un to klook! Du hest jo al Strümp un Stebeln an! Goh du man fein to Foot, — un seeh man sülben to, wat du wedder no Hus hinkommen deist!“ — Un he nimmt sick ’n anner lütt Kind twüschen de Flünken — un flügt wedder weg.

Do ward de lütt Klaus ganz trurig, un he fangt an to ziepeln un to schreen. Un as all de annern Ebärs ook jümmer an eem vörbifleegt, — do mokt he sick sülben up ’n Padd, un geiht loos, — — un geiht jümmer liekut — un jümmer wieder, — den ganzen Dag un de ganze Nacht, — un wedder den Dag un wedder de Nacht, un jümmer so liekut, — — he weet sülben al ne mihr: wu lang’ un wu wied.

Un toletz krigt he de Heid un de Geest wedder ünner de Feut, un krigt Oolland wedder in Sicht, un den Karktorn van Neefild. Un he kummt no ’n Achterdiek ran — un steiht doar — un kann doar goarne klook ut warden: Jemehr lütt Kot is weg! Doar steiht nu ’n ganz anner Hus, — un doar wohnt ook ganz annere Lüd, un de kinnt em goarne. — — Un as he frogen deit: Wonem sien Mudder denn is —? Do lacht se em all wat ut, un seggt: „Dat kann woll ne good angohn, dat dien Mudder noch leben deit, — Du büst doch sülben al steenoolt!“

Un as he dat ne gläuben will, do lot se em mol in ’n Spiegel kieken, — un do süht he dat: He hett lange sneewitt Hoar, un hett ’n grooten griesen Boart, un hett dat ganze

Gesicht vull Fooln. — — Un do lacht se em wedder all wat ut, un dreiht em den Puckel to — un goht weg. — —

Un bloß de een oole Mann blift bi em stohn un segt: „Klaus hest du heeten? Un hier in dütt Hus hest du mol wohnt? — — Mien Mudder hett mol vertellt — as ick noch lütt wür: Hier wür ganz freuher mol son lütten Jungen wesen, de harr ook Klaus heeten, — ober de harr — an nix mihr gläuben wullt, — un do harr de Kujees em mol in 'n Sack stecken, un harr em mitnohmen, — un de Jung wür niemols wedder no Hus kommen!" Un doarmit dreiht he sick üm un geiht ook weg.

Un as de lütt Klaus, — de nu — ohn dat he dat markt hett — so oolt un gries worden is, — doar noch so rümsteiht, un weet goarne, wat he moken schall, — — de kummt de Wihnachtsmann doar jüst wedder vörbi — mit 'n grooten Sack up 'n Puckel, — un de kickt em an un segt: „Klaus, hör mal to! Wenn du wieder nix üm de Hand hest un weeß narms hin, — denn kunnst du mi scheun 'n beeten hilpen. Ick hebb wedder 'n barg to loopen un to doon, — ick kunn good 'n düchtigen Hölpsmann bruken!"

Un do hett düsse Klaus — van 'n Achterdiek in Ololand „jo" segt, — un is den Wihnachtsmann sien ierste Knecht worden."

DAT FIENE KLINGEN

Ick hebb eben Beseuk hatt. Hier hett he seten, hier up düssen Stoohl. Un he hett „du“ un „mien Jung“ to mi segt, — un ick weet ne mol, werkeen dat wesen is.

He käm langsom un swoar de Trepp rup, un klopp man so eben an de Dör. Un as ick open moken dä, stünd he doar un heul mi ’n Handvull Snürbanden hin, un sä: „Gooden Dag ook!“ un keek mi blooß an. Un dütt Ankieken — dat wür so — — so — oach, ick weet ne. Ick kreeg em gliek bi ’n Arm tofot un teug em in de Döns.

He seeh meist so ut as mien Vadder, harr ook blau Tüg an un son lütten wulln Dook üm ’n Hals. Un denn seet he hier bi mi an ’n Disch. Un so ganz bilütten kämen wi in ’t Frogen un in ’t Vertelln.

He wür freuher ook Schipper wesen, säh he. He harr ’n lütt Frachfoahrtüg hatt, un sien Froo wür ook jümmer mit an Bord wesen. Ober denn würn se oolt worden, un sien Oogen harrn ne recht mihr wullt, — do harrn se ’t upgeben. Un nu wohn’n se nerden an ’n Hoben, sä he, un van ’t Kökenfinster to — kunnen se noch de ganze Elf hindolkieken.

„So —?“ sä ick. „Dat is jo fein — — —!“ un ick harr woll wedder no sien Stebelbanden keken, — he dreih jem hin un her un schüttel mit ’n Kupp: „Oach, uns sülben — uns geiht dat so lütt noch ne. Wi hebbt uns beeten Invalidengeld, — wi sünd noch jümmer satt worden. Ober doar wohnt bi uns in ’n Keller — doar wohnt son poar Jungs, de kriegt jemehr Recht ne. De Vadder is doot, un de Mudder geiht up ’t Waschen un Reinmoken, un verdeent man kum dat Eten. Un düsse beiden Lütten — de wull ick so giern mol ’n beeten ünner de Arms griepen, un wull jem mol ’n lütte Freid moken — to Wihnachen. Ober mi fehlt dat Geld. — Un do hebb ick dacht: Geihst mol mit Snürbanden loos! Hest al so mannigmol Fracht schippert. — worüm schaß ne ook sülben mol 'n beeten hanneln —? — Un dat geiht, — geiht beter as ick dacht harr, hebb al ganz scheun verköfft, teihn Poar sünd al weg, un ick hebb bi jeeder Poar een'n Groschen. Wenn 't so wieder geiht, krieg ick doch 'n beeten up 'n Dutt. Un wenn ick 'r ook ne vel för käupen kann, wat krieg ick doch! Un denn will ick mol Wihnachtsmann speln, bi de beiden Lütten. Frei mi al up jemehr Gesicht. Wat schöt de för Oogen moken!

Vörig Joahr Wihnachen sünd wi bi uns' Noberslüd wesen, ober doar hett mi dat ne gefalln. Doar kreegen de Kinner so vel Spelkrom, dat se 't goar ne all bekieken kunnen. Un de Vadder un Mudder harrn meent, se müssen sick ook wat schenken, — un harrn sick allerhand ooln dürn Krom köfft, nem sick keeneen to frein dä. — Ober dat geef doar fein Eten un 'n barg Leben un Hallooh.

Wi hebbt doar noheer noch över snackt, mien Froo un ick. Ick segg: „Son Lüd — de wet jo woll goar ne mihr, wat Wihnachen eegentlich to bedüden hett, un wu dat eegentlich tostanden kommen is." —

Dink di doar mol rin, mien Jung: Joseph un Maria alleen ünnerwegens, wied weg van Hus, in 'n frömde Stadt, — un könt narms ünnerkommen, — keeneen will jem hebben. Un Maria steiht so dicht vör ehr swoare Stünden, un weet sick al goarkeen Rot mihr. — Un denn ward 't Obend un ward düster, — un se kreept in son ooln leddigen Schopskoben rin, dat se man blooß ierstmol 'n Dack öbern Kupp hebbt. — Un denn — denn ist dat sowied mit Maria. — Un se hebbt keen Licht un keen Hölp, un keen Woter un keen Tüg. — Ober se hoolt sick fast bi de Hand, un de leebe Gott steiht jem bi, un mokt allns so hill un so hooch as 't man wesen kann.

So is dat wesen, mien Jung. So is dat anfungen, vör meist tweedusend Joahr, wat nu as son groot fein Fest över de ganze Wilt geiht, un ward allerwegens fiert — — mit Lachen un mit Larm un Musik.

Ick bün gewiß ne geegen de Freid, mien Jung. Oh ne, — Freid is dat best, wat de Minsch hett. Ober dat mütt ook de richtige Freid wesen, — keen Juchen un Gröhln.

Doar is noch so vel Noot un Elend up de Wilt, — sünd so vel dusend Minschen, de Hunger un Sorgen hebbt, — wat schull dat för 'n Freid geben — för uns alltohoopen — wenn wi de to Wihnachen mol all satt moken kunnen.

Un all de Lütten — — all de dusend Kinner! Wat schulln de sick uprecken! Sünd doch all lütte Minschenbäum, de wassen schöt, un schöt groot un stark warden. Denn möt wi jem doch ook 'n beeten hilpen, dat se in de gangen kommt!

Noa, ick gläuf, doar ward ook wedder allerhand don — dütt Joahr, — ook hier in de Stadt — bi all den Larm. Ick meen, doar geiht al jümmer son lütt fien Klingen dör de Luft, un geiht in jeeder Hus un in jeeder Dör rin: „Dat ward Wihnachen! Dink doar an!" — Un wenn se dat all hört, mien Jung, dütt lütt fiene Klingen, — — denn geiht't kloar, — denn kommt wi doar mit recht, alltohoopen.

So, — un nu mütt ick woll — wieder. Mütt seehn, dat ick noch wat beschickt kriegen doo. — Wu is 't? Kannst 'n poar Snürbanden bruken? — Is för de beiden Lütten!"

Fief Poar hebb ick em afnohmen. Un hebb em frogt, wonem de Jungs wohnen dän, — ick bröcht jem villicht ook noch 'n Stück hin. Ober he keek mi liek in de Oogen un schüttel mit 'n Kupp: „Dat lot man! Doar goh ick jo hin. — Ober — wenn du wat doon wullt — to Wihnachen, denn bring man anners ee'n wat hin! Sünd Lüd genoog, de 't neudig hebbt, — brukst di blooß ümtokieken!"

*

Un nu is he wedder weg, mien Beseuk. Un ik weet ne mol, werkeen dat wesen is. He seeh meist so ut as mien Vadder. —

Un ick sitt alleen an 't Finster, un kiek in de groot Stadt — mit all de Lichen un all den Larm, — un luer — up dat fiene Klingen.

DAT KNISTERN

Wi schrieft al wedder mol Dezember. Wi drieft al wedder mol up Wihnachen loos, up dat groote hille Licht mit all de feine Warms — midden in 'n koolten Winder.

Dat russelt un knistert al in all de Ecken. De een kummt mit dütt noh Hus, un de anner mit dat. Un wenn he sien'n Krom eenerwegens wegpacken un verstecken will, — denn ligt doar al wat, — un datt dött he doar ne wegnehmen un dött dat ook ne utwickeln.

„De hier rümsnüffeln deit, krigt nix to Wihnachen!" segt Mudder.

„Ne, Mudder, — ick wull jo ook goarne rümsnüffeln", segt uns lütt Hinnik. „Ick wull jo blooß mol seehn, wat dat wür!"

„Nee, schaß du ook ne! Du schaß teuben, bit dat sowied is!"

„Oach, — bit dat sowied is —? Denn krieg ick dat jo manlef ne to weten un to seehn —!?"

*

Uns lütt Ulli hett beid Handen ünnern Ploten: „Mudder, — wonem kann ick noch mol wat — för di — so good versteken, dat du dat goar ne finden deist?"

„Oach, — beste Diern", segt Mudder. „Wu groot is dat denn?"

„Jä, — dat is so — — so — as wenn du twee son lütte Puttlappens in Papier wickeln deist."

„Noa, — twee lütte Puttlappens —? Un de schall ick to Wihnachen hebben? Hest du denn sülben knütt —?"

„Oach, Mudder —?! Nu hest du dat al wedder verrod. Dat schaß du doch noch goarne weeten!"

*

„Ick weet ne“, segt mien Froo güstern Morgen, „hier stinkt doch wat in de Döns?!“

Ick segg: „Dacht hebb ick dat ook al mol, ober — dat mütt denn woll van buten kommen, — villicht van ’n Aschammer her —?“

„Oach, wat schull ’t woll!“ segt mien Froo. „De Aschammer is leddig un rein, un steiht söben Mieln achtern Hus —?! — — Ne, dat mütt hier in de Döns wesen. — Un dat stinkt as de Pest!“

„Kann ick ne rüken!“ segt uns lütt Hinnik un swunkt sien’n Ränzel up ’n Puckel un geiht no de Dör: „Mudder, wenn du hier rümsnüffeln deist —? Du weeß doch, wat du segt hest —?“

„Jo, weet ick. Mok du man, dat du no School kummst! De Klock is al teihn Minuten no!“ Un se bringt em noch gau bit an de Husdör, un geiht wedder in de Kök.

Ober as se no ’n halbe Stünden weder in de Döns kummt, fangt se doch gliek wedder an to snüffeln: „Kinners ne, — dat ward jo jümmers duller — mit den Gestank! Dat du dat ne rüken kannst —?“

„Oach“, segg ick, „wenn ’n hier so sitt, — un wenn ’n dat ne anners weet, — — de Minschen geweuhnt sick jo an allns.“

Ober nu gift mien Froo keen Bucht mihr. Nu will se weten, wonem de Gestank herkummt. Un nu rückt se in all de Ecken rin, un snüffelt sick so bilütten no de Kommod ran: „Hier mütt dat wesen! Hier kummt dat rut! — As wenn doar ’n Stück ful Fleesch — — oder ’n doote Rott — — villicht ünnert de Kommood —? Oach, du kunnst mi jo ook giern mol ’n beeten hilpen! — Jümmer un jümmer an dien’n ooln Schriefdisch —!?“

Joa nu, — wenn dat so is, un wenn dat wesen mütt, — denn kann ick jo ook mol eben upstohn. — Ick kiek ünner de Komood, — nix to seehn. Ober — rücken deit dat doar, jo, — dat kann ick in de Näs marken. Ick teeh de ünnerste Schuf mol eben open, — Hinnik sien Schuf, — un mütt rein den Kupp wedder trückrieten, so stinkt dat doar rut. — Un — jo, — doar is dat ook: Achter in de Eck — in son oole tweide Pappschachtel — hett uns lütt Hinnik sick dree son groote Kucksen versteken, son groote spitze Muscheln mit son Oart Krabb — mit son „Einsiedlerkrebs" binnen. De hett he al vör dree Dog van unsen Nober, van 'n Seefischer kregen, un hett jem fein nerden in de Komood rin packt, — de will he sien Mudder to Wihnachen schinken. — — Seeht jo ganz scheun ut, de Dinger, — un is jo ook 'n richtige „Siltenheit". Ober wenn se al fief Dog doot sünd, denn — stinkt se würklich — as de Pest.

„Rut mit de Ös!" segt mien Froo. „Un ganz wied weg! Achter up 't Land! Un denn — all de Finster open! Dat de Gestank rut kommt!"

*

„Doar wes man wieder goarne trurig üm, Hinnik!" segt uns lütt Ulli middogs to em. „Lot de ooln Muscheln man susen! Ick weet noch ganz wat anners, wat du Mudder to Wihnachen schinken kannst. Komm noher man mol mit rut, — denn gef ick di dat!"

Un 'n halbe Stünden loter, as uns Mudder in de Kök is un wascht up, — do sitt uns lütt Hinnik al — krumm as 'n Flitzbogen — in de Döns up 'n Stoohl, — un hett 'n lütte feine Dek för unsen Brootkorf up de Knee liggen, un is för dull an 't Sticken: Doar schöt noch 'n poar bunte Bloomen rup.

„Fiene Krüzstichelee" segt Ulli doarto. Un se wiest ehrn Hinnik-Bru'er dat, wat he de Nodel anfoten mütt, un wat he för Goarn nehmen schall: „So, un nu hier rin steken, un doar wedder rut! — Un nu hier wedder rin, un doar wedder rut! — Un denn van doar — wedder hier her! — Un denn nimmst mol wedder 'n greunen Droht!"

Un mitmol geiht de Dör open, un uns' Mudder kummt rin. Un Hinnik will gau upstohn un will de lütt Dek wegsteken, — un do — do kann he dat ne so gau, — do geiht dat ne. He hett sick de lütt Dek an de Büx fastneiht, an sien eegen Büx, eben boben de Knee.

Un nu steiht he doar un is dicht vör 't Brülln. Un uns' Mudder krigt dat Grienen, un ick weet ne, wat ick moken schall.

Un in teihn Dog is 't al Wihnachten! — Wat schall uns lütt Hinnik sick nu blooß noch utdinken un kloarklütern? Käupen mag he ne giern wat, un he hett jo ook keen Gild.

Wenn Ji noch wat wet, denn seggt em doch gau mol Bescheed! Ober so, dat sien Mudder dat ne hört! De schall dat jo noch ne weten!

EEN VAN DE HIRTEN

Wat wür dat för 'n Leben — bi uns in de Klaß — vierteihn Dog vör 't Fest, as uns' Schoolmester seggen dä, wi wulln dütt Joahr ook wedder 'n lütte feine Wihnachtsfier moken — in 'n Sool up de Bühne! Un wat wür dat för 'n Freid, as he uns dat all utnannerpuhln dä, wat jeeder van uns to doon un to liehrn un to snacken harr!

Ick wür jo am leefsten de „Josef" wesen, denn Josef bruk bi dat ganze Spill goarnix to seggen. Josef schull blooß jümmer still in de Eck stohn, un schull „Maria" ankieken. Un uns' Maria — dat wür den Schoolmester sien eegen lütt Liesbeth, — un de wür würklich dat Ankieken wiert.

Ober uns' Schoolmester wull doar ne up bieten. För Josef wür ick em to lütt, säh he, — dat schull leeber een van de grooten Konfermandten speln. Un för de hilligen dree Keunige harr heook al dree annere. Ick schull man leeber mit bi de „Hirten auf dem Felde" gohn! Teihn Stück bruk he doarvan. Un de harr he denn jo ook licht up 'n Dutt.

Oh, un nu güng dat Liehrn un dat Upseggen loos. Wi stünden nu all so in de Reeh bi'n Schoolmester vör 't Pult, un jeeder harr sien'n Zettel in de Hand, un les' sien Tex hindol — so good as he 't kunn.

Hinnik Gohd wür de ierste van de Hirten: „Wir lagen unterm Sternenzelt auf freier Flur, auf kahlem Feld!" Denn käm Hannes Joonas: „Und sprachen von der Menschen Not, und von der Sünde und vom Tod!" — Denn käm Jakob Mees: „Und beteten zu Gott, dem Herrn. — Da plötzlich kam ein heller Stern!"

Un so güng dat wieder, jümmer een achter 'n annern, — van den Engel un van sien Roopen: „Fürchtet euch nicht!" Un: „Friede auf Erden — un Wohlgefallen!" — Un ick wür de letzte in den lange Reeh, un harr den besten Spruch:

„Und Gottes Stern mit seinem Schein — führt uns in diesen Stall hinein!“

Un denn schulln all de Dierns van de ganze School ierstmol singen: „Ihr Kinderlein kommet, oh kommet doch all!“ Un denn schulln de dree „Weisen aus dem Morgenland“ kommen.

Oh Junge, wat harrn wi dat all hild! Un wat hebbt wi dat gau liehrt. Den drütten Dag wüß al jeeder van uns den ganzen Krom butenkupps.

Oach, un nu güng jo dat Verkleeden loos. Josef kreeg 'n feinen griesen Boart — mit 'n Gummiband achter de Uhrn. Maria kreeg 'n grooten runden Hilligenschien, — dat wür de Rand van den Schoolmester sien'n ooln Stroohoot — mit Sülberbronze anmolt. — Un wi Hirten schulln uns all 'n oole griese Jack besorgen, un 'n deftigen „Hirtenstab“, meist mol so lang as wi sülben, un boben denn so krumm üm de Eck.

De Jack kreeg ick van mien Mudder, de harr noch son ool Dings hangen, — Mudder müß blooß noch 'n Handbreet van de Arms afsnieden, un twee Kneup anneihn. Un in de Tied harr Vadder mien'n Hirtenstab ook al kloar, he harr Korl-Unkel sien'n Guddndagstock mit 'n ooln Bessenstel tohooplascht. — Noa, un nu kunn dat Spill denn jo loosgohn.

Un endlich wür 't denn ook sowied. De Sool wür bit no achtern hin vull Kinner un Lüd. Un wi stünden al 'n halbe Stünden vörher mit uns' dicken Jacken achter den Vörhang up de Bühne, un pedden van een'n Foot up'n annern. Recht in 't Middel up de Bühne stünd de Krüpp mit 'n groote Popp in. Un blangen de Krüpp seet Maria mit ehrn Hilligenschien. Un Josef stünd in de Eck un keek ehr al jümmer an.

Un denn upmol segt de Schoolmester twüschen de Kulissen sinnig: „Aufpassen! Ich zähle bis drei: — — Eins, — zwei, — drei! — — Jetzt!“ Un denn geiht de Vörhang utnanner.

Un Hinnik Gohd mokt 'n lütten Diener un fangt an to rappeln: „Wir lagen unterm Sternenzelt — auf freier Flur, auf kahlem Feld!" — Un denn kummt Hannes Joonas: „Und sprachen von der Menschen Not — und von der Sünde und vom Tod!" — Un so geiht dat nu wieder — bit no den tweetletzten van de Hirten, — un de verrappelt sick, un nimmt mitmol mien'n Text: „Un Gottes Stern mit seinem Schein — führt uns in diesen Stall hinein!"

Un nu weet ick jo goar ne, wat ick moken schall. Ick kann dat sülbige doch ne noch mol wedder seggen. Un as ick no unsen Schoolmester hinschuln do, do winkt de af: ick schall still wesen un schall mien'n Mund hooln! Un ick dink, ick schall weggohn, — un dreih mi sinnig no achtern ut de Dör rut.

Un nu fangt ook al jüst de Dierns an to singen: „Ihr Kinderlein kommet, oh kommet doch all!" Un denn geiht dat Spill wieder — mit de dree Weisen ut 'n Oosten, un mit allns, wat doar so tohört. Mol ward wat upsegt, un mol ward wat sungen.

Un ick stoh doar een ganze Stünden achter de oole muffige Bühne, un bün al jümmer dicht vör 't Brülln, un dink alle Oogenblick: „He hett jo de ganze Schuld, de Schoolmester! Harr mi jo man „Josef" wesen loten kunnt! Wenn ick doch ne mit an 'n Törn kommen doo —?!"

*

Dat würn feine Wihnachtsfier wesen, hebbt de Lüd noheer all segt, — un dat harr ook al bannig scheun klappt. Ook de „Hirten vom Felde" würn so echt wesen, as man wat. De een van jem wür sogoar gliek wedder ut de Achterdör rutgohn, — de harr denn woll doch leeber up sien Schop passen wullt.

ÖBER 'T IS

„Oostern ward mit 'n „O" schreben, denn dat kummt ut 'n Ostn, morgens mit de Sünn", sä Vadder mol to uns. „Ober Wihnachten ward mit 'n „W" schreben un kummt ut 'n Westen, obends wenn 't schummerig ward."

„Denn müß dat jo hier bi uns öber de Elf kommen", meen uns' Hein, „doar so van Oolland her."

„Dat dat ok", sä Vadder, „Wihnachten kummt jümmer van Oolland her öber de Elf, un kummt bi 'n Neßbuern öber de Wisch, un kummt den Sommerdiek langs, un geiht denn hier so wieder — jümmer van een Hus no 't anner, van Dör to Dör."

Uns' Hein grien un schüttel mit 'n Kopp. Un ick wull dat ook noch ne recht gläuben: „Kummt dat denn mit 'n Boot oder mit 'n Kohn anschippern, Vadder?"

„Wenn de Elf noch free is un hett noch keen Is, jo, denn kummt dat mit 'n Boot."

„Un wenn de Elf vull Is is, — so as nu, — un allns is dick vull Snee, —?"

„Denn kummt dat to Foot öber 't Is."

„Kann ick dat seehn, Vadder?"

Vadder tucks mit de Schullern: „Seehn woll jüst ne, — ober feuhln un marken kannst dat gewiß. Wenn du man to rechten Tied doar bist, un büst 'n beeten scheun still, —"

„Wöllt wi vannomeddag mol hin, Vadder, — un wöllt mol uppassen, wenn dat — — wenn Wihnachen kummt?"

„Jo, mientwegen! Lot uns man mol hingohn! Wenn 't ne goar to koolt is, un is sichtige Luft, —!"

Nohmeddogs halbig vier güngen wi loos, Vadder un Hein un ick. Vadder wull leeber mit mi alleen loos, un wull Hein noch wedder ümsnacken: He schull man bihus blieben, he wür jo doch al fix groot un wür 'n poar Joahr öller as ick, — he kunn uns' Mudder doch al scheun 'n beeten hilpen, un denn kunn he sien groot Winachtsgedicht ook noch mol öberliehrn. Ober Hein sä: Dat Gedicht seet, van vörn un van achtern, un van buten un van binnen, doar bruk he nix mehr an to timmern. Un Mudder wull em ook ne in 'n Hus' hebben. „Nehm em man leeber mit!“ sä se to Vadder. „An's lüstert un luert he hier doch blooß jümmer wat rüm. — — Ji möt ober — wenn 't schummerig ward, möt ji wedder no Hus kommen!“

„Jo, Mudder, — wi sünd to rechten Tied wedder an 'n Loden.“

Wi gangen all dree — een achter 'n annern — as Hannes Stiehr sien Katten, — erst Hein, denn ick, denn Vadder. Un güngen den Diek hindol, un up'n Sommerdiek langs, un denn öber de groote Wisch weg — bit an de Elf. De Luft wür dick un diesig, ohne Wind un ohne Wulken. Un dat wür jümmer so sinnig an 't Sneen, allns wür week und witt, de Bäum un de Büsch un dat Gras — dat wür all as Zucker.

Hein wull uns all Näslang noch wat wiesen, un wull uns wat vertelln, ober Vadder sä blooß jümmer: „Hein, wes' still! Dat geiht up Wihnachenobend. De Kujees is al ünnerwegens!“

Un nu stünden wi an de Elf, an de groot Bucht twüschen Swiensand un Oolland un Finkwarder, dusend Meeter breet un ganz vull Is, — dat stünd al 'n halbe Wek, un heul ook al, wür ober bannig knupperig, un harr 'n barg hooge Puckels un ook noch allerhand Woken un slechte Städen.

„Wöllt wi rup, Vadder? Un mol gau 'n Stück up langs?“

„Ne, Hein, — wöllt ne ierst rupp, — wöllt hier stohn blieben un teuben.“

„Up wat denn, Vadder? — Wat schull hier denn woll kommen? Hier is doch — — —“

„Hein, wes' still! An's ward doar nix van. — Wenn du dien'n Jipp ne hooln wullt, denn — — denn könt wi man gliek wedder no Hus gohn.“

„Ne, Vadder“, sä ick „wi blieft hier!“ Un nu harr ick mien'n Vadder fast bi de Hand tofot, un wi stünden beid un keeken, — keeken jümmer stief no Oolland: Wihnachen kummt ut 'n Westen!

„Ick gläuf, wat ick gläuf", sä Vadder. „Ick meen, dat ward al 'n beeten hiller — doar bi de hoogen Pöppeln, eben achter de Est, — dat is — —"

„Dat is villicht de Sünn", sä Hein. „Güstern üm düsse Tied, — ick wür jüst doar achter an 'n Westerdiek, — do käm se —"

„Hein, wes' still! Un gef dien Preestern up! — Dat geiht up Wihnachenobend! — — De leebe Gott — — un de Kujees — — !"

Vadder säh nix mehr, ober he stünd as 'n Boom un keek no boben. Dat Sneen wür mitmol all, un dat wür rein — as wenn de ganze Wilt rundüm de Luft anheul, un luer, — luer mit uns up Wihnachen, up dat groote Wunner, — — —

De hille Plack an 'n Heben — bi de hoogen Pöppeln eben achter de Est — wörd jümmer gröter un jümmer breeder, as wenn doar boben — ganz wied weg — 'n groote Dör open güng. Un nu füngen mitmol — in Neefild un in Estbrügg — füngen mitmol de Klocken an to lüden: „Bim—bum! Bim—bum!" Un lüden jümmer vuller un jümmer duller: „Bim-bum! Bim—bum!" Un lüden mit jemehr Klingen un Singen de griede graue Wand in Grus un Mus, un smeeten de Stücken an 't Siet. Un denn — — denn stünd doar miteens dat gröttste un dat beste Licht wat wi hebbt: uns' Sünn. — uns' groote feine Obendsünn, — stünd doar so — twee Finger breet boben Oolland, un schien uns liek in 't Gesicht, un smeet ehr Strohlen mit luder Flimmern un Funkeln un Glitzern up 't Is, un up den witten weeken Snee.

„Wihnachen —!" sä Vadder sinnig. „In Oolland is 't Wihnachen. — — — Nu ward 't woll ook bald hier no uns röber kommen. — — Möt nu mol ganz still wesen, un uppassen!"

Un he harr dat man eben erst utsegt, do käm doar wat anloopen, van 'n West her, — — ick wüß sülben ne, wat ick dat feuhln oder hören kunn, — dat wär son Oart Klingen un son Rummeln un Bebern togliek, un dat leep hin un her öber de ganze Elf, un käm jümmer wat neuger, — —

„Kannst dat hörn, Vadder?" sä Hein. „— Dat is jüst wedder Floot. Dat Woter kummt ünner 't Is, un böhrt den ganzen Krom hoch."

„Hein, wes' still!" Vadder stünd noch 'n Oogenblick un keek, un denn beug he sick sinnig no mi dol: „Weeß, wat dat is, — dat Klingen un dat Knacken? — De leebe Gott legt noch gau 'n poar dicke Balkens ünner 't Is langs, dat de Krom ook richtig hullt. Wihnachen kummt öber de Elf! — Doar! Hest hört eben? — Un doar nu wedder! Un doar!"

Jo, nu käm 't van all de Sieten, un käm recht up uns to: Dat Klingen un dat Licht un de Klocken un de Freid. Un denn mitmol richt Vadder sick wedder up un wies mit 'n Arm: „Kiek! Un doar! Wat kummt doar? — Doar kummt de Kujees! Kummt ook van Oolland her, to Foot öber 't Is, un will hier öber 'n „hoogen Ourt". — Denn möt wi man gau seehn, dat wi no Hus kommt!"

„De Kujees, Vadder? Wonehm? Wonem is he?" Ick wür ganz hiddelig, ober ick kunn em ne finden.

„Ach", meen Hein, „dat is woll — — dat is woll he, de anner, — wat heet he man noch?"

„Hein, wes' still!" Vadder nähm mi gau mol up 'n Arm un wies wedder mit de Hand. Jo, doar käm de Kujees, de Wihnachtsmann, — käm to Foot öber 't Is, — harr 'n grooten Sack up 'n Puckel, un harr Kneestebeln an, un harr 'n wulln Mütz up 'n Kopp, un harr 'n griesen Boart, — un käm so schräg — —

„Wenn dat man ne de ool Jakob Derner is", meen Hein, „dat de sick wedder 'n Sack vull Greun'n Koohl holt hett. Vörig Joahr Wihnachen — — —"

„Hein, wes' still! Oder du kriegst een'n in Nacken! Dat geiht up Wihnachenobend, — hebb ick di al mol segt! — Komm, wi möt gau no Hus! Dat he uns blooß ne erst süht!"

Un nu kreegen wi dat Schächen un dat Loopen, all dree wedder in een Reeh, een achter 'n annern, — öber de Wisch un öber 'n Hoff. Bi 'n Neßbuern leeten se jüst de Rulloosen dol un steeken den Boom an.

„Gau to, gau to!" sä Vadder. „He kummt, he kummt! — Da! Nu hett uns' Köster em ook al in Sicht!"

Jo, nu füngen ook bi uns in Finkwarder de Klocken an to lüden: „Bim — bam! Bim — bam!" Un lüden uns den ganzen Sommerdiek langs, bit bi uns vör de Dör.

Doar keeken wi uns noch gau mol üm. De Sünn wür jüst in Oolland achter de Bäum sackt. De Heben wür noch ganz root, und de Snee harr hunnertdusend lütte Lichen. De Kujees, mit sien'n grooten Sack up 'n Puckel, — —

„Doar kummt he jüst üm de Eck!" sä Vadder. „Man gau rin, dat wi kloar sünd, wenn he kummt!"

Un as wi man eben erst in de Döns würn un harrn de Jack ut, do klopp dat ook al bi uns an de Dör, — do wür he al bi uns up de Del un freug uns — dör de Ritz hindör — wat wi denn ook beden kunn'n. Un as wi dat kunn'n, un kunn'n dat sogoar good, do scheuf he uns allerhand feinen Krom üm de Eck, för jeeden wat. Un denn güng he wedder weg, un güng wieder, — den ganzen Diek langs, van Hus to Hus, bit no de Au.

Hein wull noch 'n poarmol wat seggen, ober Vadder keek em blooß an un schüttel mit 'n Kopp. Do heul he sien'n Swiegstill, un bekeek sien Spelkrom un sien Märchenbook.

Boben Oolland güng sinnig de groot Dör van 'n Heben wedder to.

*

„Wihnachen ward mit 'n „W" schreben", sä Vadder.

„Un kummt ut 'n Westen, öber 't Is, Mudder! Wi hebbt dat nu mol sülben seehn un mit beleft!"

DE KUJEES KUMMT GLIEK

„Een Viddelstündn kann ’t woll noch du’rn!“
hett Mudder eben segt.
He kummt nu bald. Man good, — dütt Lu’rn,
dat is mi goarne recht.

Ick hebb jo grod keen Angst dütt Joahr,
Angst hebbt jo blooß de Görn.
Ick bin man bang’, dat geiht ne kloar,
ick krieg den Wind van vörn,

van Vadder her. Wenn de dat sühtt, —
mien Büx is achter twei,
mien sünndogs Büx. Ach, wenn ick sitt,
denn is ’t jo eenerlei.

Wenn de Kujees denn frogen deit:
„Na, mokt de Jung sick good?“
Un Mudder segt: „Ach jo, dat geiht!“
denn krieg ick jo woll Noot,

un rappel mien Gebett gau her,
as wen ick updreiht bün. —
Blooß denn, — — denn schall ick no de Dör, —
denn mütt ick doar jo hin,

Un Vadder — sitt denn achter mi, —
un sühtt mien tweide Büx, — — —?
Ach ne, Kujees, — goh man vörbi!
Ick bruk dütt Joahr mol nix!

MIEN BUNTE TÜLLER

Dat is nu al lang her. Ick wür woll so vier oder fief Joahr un harr de Büxenklapp noch achter. Un dat wür den Dag vör Wihnachen.

Wi snacken wedder vel van den Kujees. Ne van den, de obends Hus för Hus geiht, un kloppt an all de Dörn, un fragt, wat de Kinner sick ook jümmer good schickt hebbt. Ne, den kinnen wi de Tied noch goar ne.

„De kummt blooß no de rieken Lüd", sä uns' Mudder. „De kummt blooß no de, de son isern ingelschen Hierd hebbt, un hebbt son ganz eng' Obenrühr, nem de Kujees nix rinsmieten kann."

Ne, sowied würn wi noch ne. Bi uns käm noch jümmer de anner Kujees, de medden in de Nacht mit son grooten Sack vull Appeln un Nöt un allerhand feinen Krom — wied öber Land un öber de Dacken wegflügt, un smitt allerwegens, nem noch son richtigen ooln dütschen Hierd steiht, van boben wat in 'n Schorsteen un up 'n Hierd rup. De käm bi uns, jeedes Joahr. Un de schull nu vannacht ook wedder kommen. Dat wür so gewiß as tweemal twee, sä uns' Jann.

Wi würn mit fief Kinner in 'n Hus, un ick wür de jüngst. Un wi harrn jeeder unsen eegen bunten Tüller, ober mien wür de best, — mit 'n Möhl un mit 'n Füerturm, un mit 'n Boot un mit Bäum, un mit luder lütte Vogels up den breeden Rand.

Un nu güng dat al geegen Obend, un nu wür dat wedder mol so wied: Wi dössen all fief — een no 'n annern — dössen wi uns' Tüllers up 'n Hierd stelln, all so in de Reeh weg — in 'n halben Kring üm at Füerlock rüm.

„Ober ne to wied no de Midd!" sä Mudder. „Dat süht jümmer gliek so utverschomt ut, as wenn een dat all alleen hebben wull! Un ook ne to wied weg an 'n Rand, — an's meent de Kujees, doar brukt woll ne recht wat rin, — de hett woll noch genoog van vörig Joahr!"

All uns' fief Tüllers so no de Reeh weg in 'n halben Kring üm 't Füerlock rüm. — Jo, nu stünden se richtig. Un nu beugen wi uns al fief noch mol öber den Hierd un keeken no boben, wat uns' groot Schorsteen ook würklich free un open wür. Un denn güngen wi wedder mit alle Mann in uns' lütt warme Döns, un sän denn ook bald — een no'n annern — Gunacht, un güngen in de Kommer un up 'n Bitt. — Mudder bleef noch up, seet noch an 'n Disch un stopp Strümp.

Medden in de Nacht wok ick up. Ick meen, doar harr wat hult, un doar harr wat klötert un knackt. Un ick dach: „Nu is he jüst eben — is de Kujees öber uns' Hus wegflogen un hett wat in 'n Schorsteen smeten!" Un ick dach: „Wat dat nu woll wesen is? Un wat doar nu woll ligt — up mien'n Tüller? Un wat Jakob woll kregen hett? Un Hein — un Greta un Jann?" Un ick meen, ick kunn nu doch ne wedder slop warden, — dat wür ook jüst son hilln Mondschien buten, un in 'n Hus wür 't all so dootenstill, un de Annern sleepen all so fast, dat ick dach, dat wörd nu jo nüms gewoahr.

Un ick stünd ganz sinnig up, un slirk mi no de Kök, un keek up 'n Hierd. Ober doar wür noch goarnix to kieken, — all de Tüllers würn noch leddig, un ook bi 't Füerlock un in 'n Schorsteen wür nix to seehn.

„Denn mütt ick mi jo woll verhört hebben", dach ick, „denn is doar woll noch goarnix wesen, un ick hebb dat blooß dräumt." Un ick wull mi al ümdreihn un wull wedder to Klapp, do meen ick — — do käm mi dat mitmol so vör, as wenn mien Tüller düttmol doch 'n lütt beeten wieder trück stohn dä — as de annern vier. Un ick wull dütt Joahr doch mol grode allerhand to Wihnachen hebben, un de Kujees schull mi doch ganz wat feines dolsmieten. Un wenn he dat nu goar ne wüß, un kunn mien'n Tüller villicht goar ne recht seehn —?

Ne, dat güng doch gewiß ne! Un ick dach noch hin un her un dach mitmol: „Oach, dat ward jo nüms wieß, — wenn keeneen weet, dat ick noch mol wedder upstohn bün —!“ Un ick nähm mien’n Tüller un stell em ’n lütt Stück wieder no vörn, un scheuf em ganz sinnig noch ’n goode Handbreet wieder no dat Füerlock ran, dat he nu al meist recht in ’t Middel ünner ’n Schorsteen stünd. Un denn lüster un luer ick noch ’n Oogenblick, un hör mien eegen Hart kloppen, un slirk mi gau wedder in de Kommer un kreup ünner de Dek.

Un läg noch lang’ wok, un wüß sülben ne, wat ick dat nu so recht mokt harr oder ne. Ober toletzt dach ick: „Oach, leebe Gott, wes’ mi man ne dull! Ick stoh morgen ook ganz frooh up, un stell mien’n Tüller wedder trück, dat keeneen wat marken deit. — Un wenn ick meist allns kregen hebb, un de Annern hebbt bald goarnix, denn kann ick jem jo ook jümmer noch wat afgeben — van dat, wat ick doch ne recht bruken kann!“ — Un denn wörd ick ook so bilütten wedder meud, un de Droomkirl sus wedder mit mi af.

As ick morgens upwoken dä un kreeg de Been ut ’n Bitt, würn Jakob un Greta al kloar un seeten al in de Döns an ’n Disch. Un Jann un Heiner stünden al an ’t Finster un keeken ut. Ick wull mi sinnig an jem vörbi slirken, ober — Mudder käm jüst ut de Kök rut un kreeg mi bi ’n Arm tofot: „Stopp, stopp! Wonem wull du hin?“

„Blooß mol eben gau no ’n Hierd, un mol seehn — —!“

„Ne, komm! Hierblieben!“ sä Mudder. „Un ierstmol waschen un frischmoken! Un denn de Büx anteehn, un Strümp un Stebeln, un denn — —!“

„Un denn goht wi all togliek!“ sä Jann.

„Een achter’n annern!“ meen Hein.

„Un dat geiht no ’t Öller un no de Grötte!“ sä Greta. „Un denn kummst du toletzt!“

„Jo, — un ick goh vörup!“ sä Mudder. „Un ick gef joo de Tüllers — jeeden Tüller inkelt — hindol, an’s gift dat doar oberlingen noch Striet un Larm üm!“

„Nu mok man ’n beeten to! “ sä Hein to mi. „Un mok ne son dumm Gesicht! Du sühst doch, dat wi al all up di teuft!“

Dat güng düssen Morgen — bi mi — all ne so gau as dat woll schull. Ick müß mi jo ook allns alleen herseuken, keeneen wull mi hilpen. Ober toletz wür ick denn doch kloar un stünd wedder an der Dör un wull rut no de Kök.

„Stopp, stopp!“ sä Mudder wedder. „Ierst komm ick, un Ji kommt all achter mi ran!“ Un denn güng se rut no de Kök, un stell sick so breet as se man kunn vör den grooten dütschen Hierd, un hol uns de Tüllers doar hindol. Un frei sick bi jeeden Tüller mit.

Jann harr fief feine Kantappeln, un twindig Wallnöt, un vier brune Kooken, un ’n Poar feine blanke Strietschooh! — Un Greta harr - up ehr Appeln un Kooken un Nöt — ’n feinen witten Ploten liggen. — Un Hein harr ’n groot Märchenbook mit bunte Biller. — Un Jakob harr ’n scheunen Baukasten mit gele un roode Steen. — Un ick —? Ick harr up mien’n grooten bunten Tüller blooß een’n lütten Appel, un een lütt Nutt, un een’n brunen Koken. Un wieder nix. Keen Stück.

„Noa —?“ sä Mudder. — „Wat kummt dat denn?“ Un se söcht den ganzen Hierd af, un keek ook noch mol in ’n Schorsteen hooch, wat doar villicht wat behangen bleben wür. Ober ne, doar wür ook nix, wür narms wat to finden.

„Noa — nu —?“ sä Mudder wedder. „Wat hett dat denn to bedüden? Büst de denn — —? Hest du di denn ne good schickt — de letzte Tied?“

„Doch Mudder, ick — ick —!“ Wieder käm ick ne mihr, mi seet mitmol ’n grooten Klüten in ’n Hals, de wull ne up un ne dol. — Un ook as Jann un Greta mi nu beduern wulln, un Hein un Jakob telln allns up, wat ick düssen Sommer un Harwst tweismeten un verkihrt mokt harr, — schüttel ick blooß jümmer mit ’n Kupp: „Ne, ne, — doarüm ist dat ne.“

Ne, ick wüß dat beter, ober — ick kunn jo ne snacken för mien’n Klüten, un ick döß dat jo ook ne seggen.

De Kujees mütt denn jo woll doch — allerhand van di weten!“ sä Mudder. „Ober wi könt doar jo nix bi doon, — un wi wöt uns doar ook ne twüschensteken.“ — Un se keek de annern Vier an un sä: „Ji kunnen em jo — ’n beeten van joon Krom afgeben, — wenn ji dat mögt, ober — recht is dat jo eegentlich ook ne.“

Greta un Jann gäben mi jeeder een’n Appel. Un Hein geef mi ’n poar Nöt. Un Jakob geef mi twee brune Kooken.

„Un van mi krigst du villicht ook noch ’n Stück“, sä Mudder, „ick mütt blooß ierst weten, worüm de Kujees di so weenig geben hett!“ — Un den streek se mi noch mol sinnig öber ’n Kupp un güng in de Döns.

Den ganzen Morgen drucks ick noch sowat rüm, un keek ut’t Fenster un leep hin un her, un wüß ne, wat ick moken schull. Bit eben vör ’n Meddag. Do kunn ick ’t ne länger mihr uthooln, do güng ick no mien Mudder hin, un vertell ehr dat — ünner vier Oogen: Dat ick nachts noch wedder upstohn wür, un harr mien’n Tüller wieder no vörn un recht ünner den Schorsteen sett.

Mudder keek mi lang in de Oogen un schüttel mit ’n Kupp: „So kinn ick di jo noch goar ne, mien Jung. So büst du doch an’s ne wesen!“

„Ick will ’t ook ganz gewiß ne wedder doon, Mudder!“

„Is good!“ sä Mudder. „Denn wöt wi doar nu ook goar ne mihr van snacken. Un wöt ook de annern Vier nix seggen. — Du kannst dien’n Tüller vanobend noch mol wedder up ’n Hierd stelln. Mitünner kummt de Kujees jo de tweete Nacht wedder trück, — — wenn he villicht noch ’n beeten för die hett —?“

Obends — as de Annern all bi de Lamp in de Döns seeten, scheuf ick ganz alleen mien’n feinen bunten Tüller wedder sinnig up ’n Hierd, — ne ganz no de Midd, ober ook ne ganz an ’n Rand, — mihr so up ’t Halbe, as wenn doar noch vier annere Tüllers mit in de Reeh stohn dän.

Un ick harr den annern Morgen — up mien’n bunten Tüller — vier scheune Kantappeln, twindig Wallnöt, dree brunke Kooken, un bobenup noch — — 'n feine weeke wulln Mütz mit 'n bunten Klunker!

Ick hebb mi ganz dull freit! Un hebb de Mütz noch lange Joahrn drogen.

Un hebb ehr ook nu noch ne vergeten. Ick dink noch foken an düssen Wihnachenmorgen, un an mien feine wulln Mütz mit den bunten Klunker, — — am meisten woll jümmer denn, — wenn ick mien'n Tüller mol wedder eenerwegens 'n beeten wied no vörn un — rech ünner den Schorsteen schuben much.

UP 'N ANNERN BOOG

„Mien'n Nom — — brukst du goar ne to weten. Un wonem ick herkomm, — — dat geiht jo ook keeneen'n wat an. Ober — wenn du mol 'n lütt Stück ut mien Leben hörn magst, denn — denn hör man mol good to!

Dat güng mol wedder up Wihnachenobend, un dat wörd al so bilütten düster, un ick wüß ne, wat ick moken schull, un wüß ook narms hin. Dat Rümlungern un Lüstern un Luern wür ick leed, — un to 'n Klinkenputzen un „Üm—'n—Stück—Broot—frogen" harr ick ierstrecht keen Lust mihr. Wenn se mi doch keen Arbeit un keen Dack ober 'n Kupp geben wulln —?

Ne, ick wür kloar mit de Minschen, un ook klor mit de Stadt. Ick much keen Lich un keen'n Dannboom un keen'n Flitterkrom mihr seehn. Un much ook keen Wihnachtsleeder un keen Klockenlüden mihr hörn.

Ne, blooß rut ut den Larm! Un weg van all de Lampen in de groot Stadt! Wied rut no buten, nem dat düster is, — düster un still!

Un denn —? Denn lot dat kommen — as dat kommen mütt! Is mi nu all egol! Wenn dat up düssen Boog — mit Frogen un Beddeln — doch ne wieder güng, denn — denn müß ick dat eben ook mol „up 'n annern Boog" verseuken!

Eenfach mol — buten vör de Stadt — in 'n Düstern — den iersten Besten anhooln: „Gef mi wat to eten! Ick hebb Hunger! — Gef mi Gild! Ick mütt heele Schooh hebben, un 'n warme Jack! — Gef mi 'n Bitt, dat ick mol wedder richtig slopen kann!"

Un wenn he dat ne will —? Will mi nix geben —? Un will mi ook ne rinloten — in sien Hus —? Oach, een Deel ward he jo woll doon — Wenn he dat Grummeln in mien

Stimm hört —? Un wenn he mien'n eeken Knüppel süht —?

Giern doo ick dat jo ne. Ober — wenn 't ne anners geiht, — un wenn de Minschen dat ne anners hebben wöt —?! Mi is 't egol!

Un so güng ick jümmer driebens wieder, un käm rut ut de Stadt, un käm up de Landstrot, den Knüppel in de Fust: „Den iersten Besten—!" hebb ick segt!

Nu käm doar ook al een an, harr 'n grooten Spohnkorf in de Hand, un harr doar swoar an to drägen. Wür woll een van de grooten Buern, — de noch gau 'n poar fette Geus no Stadt bringen wull oder wull noch 'n Schinken to Gild moken — —?

Ick güng 'n poar Träd van 't Siet un stell mi achtern Boom. Dat Hart klopp mi bit in de Kehl. — Wat wull ick man noch seggen, wenn he kommen dä? Un wat wull ick man noch moken, wenn he mi nix geben wull —? Een'n mit'n Knüppel öber 'n Kupp — — —?

Foot för Foot käm de Kierl neuger. Ober nu dreih he mitmol van de Landstrot af, un güng doar son smalln Footweg rup un güng up son lütt Hus to, — dat läg doar so eben achter de iersten Bäum, — dat harr ick vörher goar ne seehn. Un denn hör ick doar de Husdör klappen. Un denn wür't still.

Un nu wüß ick wedder ne mihr, wat ick moken schull. Hier stohn blieben un luern —? Dat harr ick doch al in de Stadt genoog don. — Wieder gohn, jümmer noch wieder? Wonem hin —? — Oder doch mol eben no dat lütt Hus rup, un mol nokieken, wat doar loos wür —?

Ick slierk mi sinnig den Footweg rup, un güng half üm dat Hus rüm, un mussel mi twüschen de Büsch hindör — no dat lütt Finster ran, un keek mol so schräg dör de Gardienen, — — un verjeug mi rein, — — sowat harr ick jo al in dörtig Joahr ne mihr seehn.

Doar stünd son lütten bunten Dannboom up 'n Disch, mit fief oder söß Lichen blooß. Un goar ne wied van 'n

Disch weg — up 'n Stoohl — seet 'n junge Froo, harr 'n lütt Kind up 'n Schoot, un harr ehr Kleed open, un geef dat Kind de Bost. 'n ganze Tied keek se blooß jümmer still vördol up den lütten Flaßkupp. Un denn keek se wedder mit blanke Oogen no den Boom, — un nu snack se mit den öllern Mann, — dat müß woll ehr Vadder wesen, — de harr jo jüst son Näs un Oogen as se. — He harr sien'n Korf nu utpackt un seet still up de Bank, un harr sien Handen up de Kneen tohooplegt, as wenn he beden wull.

Un ick stünd buten achter 't Finster, un much mi ne reugen. — Wat wür dat hier still geegen den Larm in de Stadt! Wat brinnen de Lichen hier so ganz anners as doar! Wat smeeten se för 'n feinen weeken Schien up de dree Minschen hier — in düsse lütte eenfache Döns! — Meist as wenn dat hier — bi uns in 'n Hus' — un bi mien Mudder wür.

Mien Mudder — —! Vör achtundörtig Joahr harr ick woll ook so bi ehr up 'n Schoot lägen, un harr sogen un sloken, — un harr twüschendör so no den lütten Dannenboom hinschult, un harr mi wunnert, dat dat so vel Licht up de Wilt geben dä.

*

Ick weet ne, wu lang' ick doar so stohn hebbt, achter 't Finster. Ick weet bloß, dat ick mi noheer sinnig ut de Büsch rutmusselt hebb, un bün wedder no de Landstrot dolgohn. Un hebb mien'n eeken Knüppel hooch dör de Luft in den Bäum rinsmeten. Un bün denn noch lang' up de Strot hin un her loopen. — — Un hebb toletzt doch bi dat lütt Hus an de Dör kloppt, — un hebb frogt, wat ick mi doar mol 'n Oogenblick utrauhn kunn.

Un de ool Vadder hett mi rinloten. Un de junge Froo hett mi 'n Taß Kaffee un 'n Stück Broot geben. Un denn hebb ick lang mit den Vadder tohoop in de Döns seten, un he hett mi allns vertellt, wat doar loos wür: Sien Froo wür doot, — sien beiden Jungs würn in Rußland bleben, — un sien groot Diern wür nu ook mit ehrn lütten Dieter alleen, — ehr Mann wür — 'n half Joahr no jemehr Hochtied — up See öber Bord kommen un verdrunken.

*

Un denn noheer — — — jä, wat schall ick noch vel vertelln? Ick döß de Nacht doar blieben, in de lütt Dackkomer up 'n Böhm. Un ick bleef ook de beiden Festdog noch doar. Un ick kreeg 'n Poar heele Schooh un 'n warme Jack. Un kunn mi Arbeit seuken, un — kreeg ook welk — in't ierste Dörp — bi 'n Buern, un noheer in de Möhl.

Ober ick döß to jeeder Tied „wedder no Hus kommen“ harr de Vadder to mi segt. Un sien groot Diern harr nickküppt: „Mienwegen ook, — jo.“

Un ick käm ook wedder, — jümmer wedder, — un bleef toletz denn ook ganz doar. Un nu —? Nu is de junge Mudder mien Froo worden, — un ehr lütt Dieter is „uns' groot Jung“ unkummt annern Oostern al no School, un schal nu ook bald 'n lütte Süster kriegen.

Un ick —? Ick stoh alle Joahr Wihnachenobend noch mol 'n goode halbe Stünden vör de Dör, — un dank „Em doar boben“, dat he mi — noch just to rechten Tied — dicht vör de Klippen — up 'n annern — un wedder up 'n rechten Boog kregen hett.

DE LÜTTE DOOS

Dat wür 'n feinen Wihnachen för de jungen Lüd, in Joochen Lanker sien lütt Döns. Se würn nu wedder al up 'n Dutt un würn all fein toweg: Mandus Lanker mit sien junge Froo, Elsa Lanker mit ehrn Brögam, Julus mit sien lütt Fründin ut de Stadt, un denn — Hannes, de öllste van de Lankerjungs. De wür doar dütt Joahr ook wedder mit bi, endlich mol wedder, no twee Joahr Krieg un vier Joahr Stacheldroht, endlich wedder free un as Minsch ünner Minschen.

Wat frein se sick all, dat he wedder doar wür! Wat harrn se all anschafft un mitbröcht — an Eten un Drinken un wat to smeuken! Wat harr Elsa dat lütt Hus fein in de Reeh mokt un harr jem updischt! Wat wür de lütt Döns hill un mollig warm! Un wat harrn se för feine Musik — up Platten un ut de Wand! Richtig as 'n groot fein Fest.

Dannboom —? Ne, 'n Dannboom harrn se ne. Freuher — as se noch lütt wesen würn — harrn se ook jümmer een'n hatt, ober nu würn se jo all groot, un jemehr Vadder un Mudder würn beide doot, — lägen nu al söben Joahr — — — Ach, doar wulln se nu vanobend man goarne an dinken. Un Hannes schull doar ook man goarne wedder van anfangen — vanobend! Se wulln Wihnachen fiern, un wulln sick frein. Un Hannes schull doar ook fein mit bi wesen, un schull sick mitfrein, wieder nix.

„Hannes, wat lest du doar eegentlich?" „Legg doch dien Book weg, un komm hier mit ran!" „Schall ick di noch 'n Taß Kaffee moken, oder 'n lütten Fleedergrog?" „Hannes, wu is dat mit 'n goode Zigarr? Ick hebb hier noch jüst son poar feine swatte Brasil!" „Wi könt jo ook noch 'n Putt ansetten, un spelt noch 'n beeten Skot, —?"

Hannes Lanker schüttel blooß jümmer mit 'n Kupp un weehr sinnig af: „Ne lot man! Lot' mi hier man sitten!

Ick bün fein toweg, — ick frei dat ick wedder bihus bün, — bi uns in 'n Hus', — — dat is för mi al Festdag genoog." — Ober denn klapp he sien Book doch to, un lang no sien Mütz, un güng sinnig ut de Dör.

Wür Mondschien un stiernkloar buten. Up 'n Weg un up de Weid läg 'n beeten Snee, ober de Luft wür week un de Wind wür still. Wür son richtigen feinen Wihnachenobend, so as he wesen schull, un so as he freuher ook meist jümmer wesen wür. Freuher, — — —

Hannes keek no'n Heben un söcht den „grooten Wogen". Jo, doar stünd he wedder, — jüst so as he doar buten ook jümmer stohn harr, — mit 'n Dießel no Hus un no See, — kloar to 'n Instiegen, — ober ohne Peerd un ohne Pietsch. Un 'n lütt beeten heuger rup, liek boben de achtersten Röd, stünd de lütt blanke Nordstiern, nem sick allns üm dreihn dä, allns, de ganze Wilt, — jümmer so langsom un stüttig rüm, Dag för Dag, un Wek för Wek, un Joahr för Joahr. — — Un liek ünner den Wogen, ünner de vörsten Röd, ganz an de Grund, — doar harr denn jümmer dat ool Gerüst stohn, mit den Wachtposten un mit Schiensmieter un Maschinengeweehr, — ober nu — nu wür dat all weg, —!?

Nu stünden hier wedder de dree hoogen Eschen, un achter de Eschen lag Trino Witten ehr lütt Kot, mit Stroohdack un witte Balkens, — läg doar noch jüst so krumm un scheef as freuher, Trino Witten —, wat se woll noch — —? Jo se wür noch togangen, se harr noch Licht in ehr lütt Kabuff, — seet woll wedder bi all ehr Biller un Breff' van ehr fief grooten Kinner, de all so wied in de Wilt rinloopen würn, un würn groote Lüd worden, un leeten sick bald goarne mehr bi ehr seehn.

Trino Witten, — — — Hannes güng Foot för Foot neuger un güng sinnig den Stieg hindol bit dicht an 't Hus ran. He wull ehr ne stüern, ne, — he wull blooß noch mol eben wedder bi ehr in 't Finster kieken, so as se dat as Jungs ook al don harrn, he un sien beiden lütten Mackers, — Trino harr jümmer allerhand bunten Krom in ehr groot Schapp hatt, — doar würn se as Kinner rein dull no wesen.

Jo, Trino seet noch up ehrn ooln Platz, up den lütten breeden Sorgenstoohl twüschen Disch un Komood. Harr ehr best Kleed an, un harr de Brill up de Näs, un harr ehr lütt blanke Kist, ehr lütt Schatull, up 'n Schoot, un harr 'n Breef in de Hand un les. Un nu knick se em wedder tohoop. Un hol sick ehr fief lütten Biller ut de Schatull, un stell jem all so no de Reeh — gegen dat groote Utleggenbook, — dat läg medden up 'n Disch, as wenn se doar eben noch in lest harr. — Un nu dreih Trino sick van 't Siet, un teug de tweetböbelst Komoodenschuf open, un kreeg sick doar son feine runde bunte Doos rut, — mit 'n lütten Dreiher an de Siet, un mit 'n lütten blanken Engel boben up 'n Deckel, — de seet in de Knee as wenn he beden wull, un vör em stünd 'n lütt Licht, dat wür meist mol so hooch as he. — Un nu steek Trino Witten dat lütt Licht mit 'n Rietsticken an, un schreuf de ool Stohn'nlamp up 'n Disch 'n beeten sieder. Un nütel den lütten Dreiher teihnmol rüm, un löhn sick trück un fool de Handn.

Un Hannes Lanker achter 't Finster — — ohn dat he wull un wüß — — teug ook sien Handn ut de Tasch, un kreeg sien beiden Dumens tofot.

Un denn käm dat — — —. Langsom un stüttig dreih sick de Deckel van de Doos, dreih sick de Engel mit dat Licht. Un sinnig füng de lütt Doos an to speln: „Stille Nacht, heilige Nacht —" Dat klüng so fien, un doch so rein un kloar, askäm dat van ganz wied her, — wied öber 't Land, hooch ut de Wulken, deep ut de See, — — —

„Alles schläft, — — einsam wacht — —" Nu stünd Hannes Lanker mitmol wedder in de Kark, un de Kark wür brekenvull, — un doch wür 't dootenstill un all de Lüd heuln de Luft an, — un de Köster boben up 't Chor drück man so eben un ganz liesen mit een'n Finger up de letzten lütten witten Dinger, — —

„Nur das traute hochheilige Paar — —" Nu wür doar vör bi 't Altar de „Stall van Bethlehem" upboot, un Joseph un Maria seeten an de Krüpp un keeken still vördol, — un buten lägen de Schäpers bi jem ehr Veeh, — un boben jem stünd de groot hille Stiern, — — —

„Holder Knabe im lockigen Haar — —" Doar läg dat lütt Christkind, meist ohne Tüg, — so as wi all mol legen hebbt, — — un güng doch so vel Licht van em ut, un so vel Freden un Freid, dat sick sogoar de dree grooten Keunige ut 't Morgenland up de Knee dol leeten, un gäben em allns hin, wat se bi sick harrn, un heuln denn still de Handen tohoop, — — —

„Schlaf in himmlischer Ruh — — —" Un no 'n kotte Tied noch eenmol, ganz fien un kloar: „Schlaf in himmlischer Ruh — —!" Un nu wür 't still, all still, binnen un buten.

Trino Witten harr de Brill afnohmen, un harr de Oogen tomokt, as wenn se sleep, un dräum den allerbesten Droom. Un Hannes Lanker stünd buten un wüß ne recht, wat he moken schull. He wull in de Dör un wull Trino de Hand geben, ober he kunn den Dreih ne kriegen. He wull an 't Fenster kloppen un wull: „Ook veln Dank!" seggen, ober he much ehr ook ne stüern. He dreih sick sinnig üm un slirk sick weg.

Un stünd noch lang' — wied ut 't Dörp rut — up den lütten Knüll, stünd alleen un free ünner den hoogen Heben, un keek no boben in de dusend-dusend Stierns, — de sick alltohoopen so Dag för Dag un Joahr för Joahr üm den een'n lütten Stiern rümdreiht — — un spelt dat ewige hille Leed — vull Loff un Dank für em doar boben, de de ganze Wilt — as son groote allmächtige Doos vör sich stohn hett, un hett den Dreiher in de Hand. Un spelt jümmer un jümmer so sinnig wieder, — — ook wenn 't 'n ganz Deel Minschen dat al goarne mehr markt un wet.

WIHNACHEN BI 'N SEEFISCHER

Wihnachenobend! Oh, wat fein!
He is eenzig Kind — lütt Hein,
ober Spelkrom hett he kregen,
meist as würn se hier mit negen.
Kiek, de ganze Disch ligt wull!
Kinners, ne, — is rein to dull!
Helm, Trumpeet un 'n Scheetgeweehr,
Isenbohn, löppt hin un heer,
doar noch 'n grooten Zeppelin,
Wotermöhl un 'n Dampmaschin,
Bleesuldoten, Billerbook,
Strümp un Hanschen, Taschendook,
twindig lütte Soken noch,
Nöt un Appeln! Ne, ook doch!

*

Heini packt dat hin un heer,
kickt dat jümmer wedder dör,
meist as wenn he noch wat söcht:
„Hett he mi keen Schipp mitbröcht?"
„Schipp, mien Jung — Schep sünd up See!
Schep bringt de Kujees doch ne —!
Hest denn noch keen Krom genoog?"
Heini kickt ganz trurig hooch:
„Doch, ick hebb al vel to vel.
Steiht villicht een up de Del?
Ick meen — — mi käm dat meist so vör —?"
Un sinnig slirkt he no de Dör
un kickt mol eben dör dat Splint,
denn is he buten as de Wind:
„Hurroh un Hö! Doar steiht jo een!
Mol gau an 't Licht! Dat mütt ick seehn!"

Un hooch up 'n Arm, kiek hier, halloh!
hett he 'n grootn hölten Schooh!
'n hölten Schooh mit Mast un Segel,
mit 'n grooten Flagg un 'n bunten Flögel:
„Oah, Vadder, — Vadder kiek doch mol!"
Un hukt sick gliek up 'n Footborben dol,
un fot em vör bi'n Klüber an,
seilt vör de Wind no 'n Oben ran,
dreiht wedder bi un krüzt no 'n Disch,
klüst up un dol. — De Wind ward frisch.
„So, — dol de Fock! Wi sünd sowied!
Hier sitt' de Scholln, hier up de Süd!
Twee Strek, denn seilt wi no de Nurd!
Oach —! Hebb jo goarkeen Kurr an Burd —?
Un hebb keen'n Ketscher un keen Pütz —?
Wat nu —?"
„Wat nu? — Nu nimmst du Mütz!
Komm heer! De bindt wi achterto!
Un denn man loos! Hüh, hölten Schooh!
Paß good up 't Ru'er! Loop ne up 'n Strand!
Jog ook ne stebens an de Wand!
Müß jümmer dinken: Büst up See!"
Un beide sitt se in de Knee
un fischt un seilt mit stiebe Bries
ünnern Disch hindör, ward nix mihr wieß,
seilt söbenmol rund üm de Wilt.
Un Mudder steiht doarbi un schilt:
„Ji riet un steut noch allns hindol!
Kiekt doch no 'n Boom! Un singt doch mol!"
„De Boom —? Ah jo, de Boom is fein!
Wat meenst du, Vadder, ward 't bald weihn?
Schull 'r ook al tovel Kraft upstohn?"
Ne, so kann 't ne mihr wieder gohn,
un Mudder röppt: „So hier! Nu hooch!"
„Wi möt doch jüst up 'n annern Boog!"
Nix mihr! Ierst kickst di dütt mol an!

Hest doch noch mihr van 'n Wihnachtsmann!
To Vadder, to! Komm her! Stoh up!
Un snack den Jungen dat ut 'n Kupp!
Kiek, Hein, wat 'n grooten Zeppelin!
Un 'n Wotermöhl un 'n Dampmaschin!
Helm un Trumpeet —!"
„Oach jo", segt Hein,
„hebb allerhand, un is ook fein, —
blooß, Mudder, ick hebb goarkeen Tied!
Pack man den ganzen Krom an 't Siet!
Dat kann ick morgen noch beseehn.
Ick mütt nu ierst — mien Kurr inteehn!"
Un Mudder sitt, dinkt dütt un dat,
un ehr ward rein de Oogen natt.
De scheune Krom! Wür all so dü'er!
Am leefsten steek se 't all in 't Füer!

Lütt Heini spelt mit 'n hölten Schooh,
un Vadder steiht doar un kickt to,
un sien Gedanken goht no boben. —
— — — Wihnachenobend!

IN DE SCHÜN

Wihnachenobend up 'n Eschenhoff an de Oost. Wieschen Harms, de Buerfroo, sitt alleen in ehr groot Döns.

Son trurigen Wihnachen, meent se, hett se noch manlef ne hatt. Ehr Öllern sünd doot, ehr beiden Brü'er sünd in Ameriko, ehr Mann is in Rußland bleben, un ehr Paul — ehr eenzig groot Jung — hett ehr vant't Vörjoahr, — dree Weken vör Pingsen — hett he ehr man eenfach so den ganzen Krom vör de Feut smeten un is weggohn, — mit 23 Joahr, — un is dar nu eenerwegens in Kehdingen — teihn Mieln ober Land — as Knecht bi frümde Lüd. Un lett nix van sick hörn.

Un dat all blooß üm de Diern!" dinkt Wieschen. „Üm de Marianne, de uns' Gemeindeschwester mi hier up 'n Hals schickt hett. Een ut 't Weesenhus, nix üm un nix an. Un as se sick hier man eben ierst inleft un trechtrangelt hett, do fangt se an to singen un to lachen, un mokt sick an unsen Paul ran, un verdreiht em — mit ehr blanken Oogen un mit ehr lütt glatt Gesicht — so den Kupp, — dat he toletzt al obends lot bi ehr vör de Kommerdör steiht un lüstert doar wat rüm. Wenn ick doar ne noch jüst öber to kommen wür, keen weet, wat't denn al hier utseehn dä. — — — Dat kunn un kunn doch ganz gewiß ne so wieder gohn. — De Diern müß van Hoff, un dat gliek, so gau as 't man güng."

*

Un Wieschen dinkt jümmer wieder. Un süht ehrn Jungen wedder groot un fast hier vör sick in de Döns stohn: „Wenn Marianne gohn schall, Mudder, — denn hebb ick hier ook nix mehr to seuken! Denn goh ick ook!"

„Paul? Dat deist du ne! Du bliffst hier up 'n Hoff, nem du hinhörst!" —

„Ick blief blooß, wenn Marianne ook blieben dött!" — —

„De Diern packt ehrn Krom tohoop, un is Klock twee ut 'n Hus' rut un van 'n Hoff hindol! Un du geihst in 'n Stall un geihst an dien Arbeit! Hest du m i verstohn?" — —

„Jo, Mudder, hebb ick. Un du mi denn jo woll ook! Mien Wurt steiht genau so fast as dien!" — —

„So —? Dat wöllt wi noch mol seehn!" —

*

Oach, Wieschen weet noch jeedes Wurt, wat se segt hett. Ober se weet nu ook, dat se 'n beeten to knasch weesen is, — ook gegen de Diern, — de wür doch ans goarne so unrecht wesen. —

Nu kloppt dat mitmol an de Dör. Un as Wieschen in 'n Dutt tohoopschütt, un geiht mit beberige Kneen hin un mokt de Dör open, — do steiht Aurora Beehnk doar up de Deel, de Hebamm ut 't Dörp, — hett ehrn groten dicken Mantel an, un ehr lütt leddern Tasch ober'n Arm bummeln, un kummt langsom in 't Licht: „Segg mol Wieschen, — hebbt Ji Beseuk hier up 'n Hoff?"

„Beseuk —? Ne, Aurora, — wat kummst du doar up? Ick bün hier ganz alleen. Komm man rin! Wat harrst du denn?"

„Jä Diern, — doar is eben een bi mi achter 't Finster wesen, un hett mi Bescheed bröcht, — un hett segt, ick schull doch gau mol no 'n Eschenhoff kommen, — as wenn hier wat wür —?"

„Hier — bi uns up 'n Hoff?" Wieschen schüttelt mit 'n Kupp: „Ne, Aurora, dat is woll — — — dat kann woll ne angohn! Doar müß di woll verhört hebben!"

„Ne, Diern, dat gläuf ick ne", segt Aurora. „Ick hebb doch sogoar noch mol nofrogt un do hett he wedder segt „Jo, no'n Eschenhoff!" Un ick meen — — — no de Stimm meen ick, as wenn dien oole Dagleuhner Andreas dat wür?"

„Andreas —?" Wieschen schüttelt wedder mit 'n Kupp. „Ne, Aurora, — Andreas is goarne hier, — de is al halbe Nomeddag no sien Süster gohn, no Oberndörp, — un he wull ierst — — — —." Ober nu kann se mimol ne wieder snacken, denn nu fallt ehr dat upmol in, dat se ehrn ooln-Dagleuhner geegen Obend jo noch seehn hett: he is noch mol wedder in de Schün gohn, no sien lütt Kommer hin, — un hett 'n Pakeet in de Hand hatt, un 'n lütten Korf.

„Dat is jo koomischen Krom —!?" segt Aurora. „Nu weet ick jo goar ne wat ick moken schall. Denn mütt ick jo woll rein — noch ierstmol wedder no Hus langs, un mütt teuben — bit he noch mol wedder kummt."

„Dat wür denn woll dat beste, jo."

„Kann mi doch ne dinken, dat mi een ut luder Spijök ut 'n Hus holt. Dat hebb ick doch noch manlef ne hat. Un denn up 'n Wihnachenobend —?" Aurora dreiht sick üm un geiht weg.

Wieschen bringt ehr bit an de Husdör.

Un nu sitt Wieschen Harms wedder ganz alleen an 'n Disch, un grübelt hin un her, — un dinkt an ehrn grooten Jungen, un an ehrn Mann, — un dinkt an all de Wihnachenobends, de se al beleft hett — in 'n Krieg — un no 'n Krieg. Se sünd ne all vull Freid un Glück wesen, ne, — ober so trurig un still as düsse — —?!

*

Wieschen steiht up un kickt ut 't Finster, un süht, dat de ool Andreas jüst wedder ut de Schün rut kummt, un steiht doar 'n ganzen Stoot vör de Dör un kickt no boben in de Stierns, un geiht denn wedder no binnen.

Un nu dinkt Wieschen: „Ick will em doch mol eben frogen, wat he dat würklich wesen is — bi Aurora." Un se tüht sick ehr warme Jack an un geiht ober de Deel. Ober jüst as se ut de Husdör rut will, do kummt doar noch wedder twee annere ut de Schün rut, un goht weg — as wenn se in 't Dörp wöllt. Wieschen kann jem ne so recht hinbringen, dat is ’n beeten düster doar ünner de Bäum. — Ober dat een dat kunn woll meist Aurora wesen, — un dat anner — —? Dat is denn woll de Gast, de ehr holn schull, un de ehr hier denn nu ierst funden hett, as se noch mol eben bi Andreas rinkeken hett.

„Na jä, denn kummt dat jo woll all in de Reeh!“ dinkt Wieschen. Ober se is nu doch ’n beeten neeschierig worden, un will Andreas doch mol frogen, wonem Aurora eegentlich hinkommen schull. —

Un nu geiht Wieschen Foot vör Foot över ’n Hoffplatz un geiht no de Schün. Ut Andreas sien Kommer fallt son smallen Schien rut, ober de Dör is to un allns is still. Un doch ligt doar so wat in de Luft, oder doar ligt wat up de Luer, oder — —?

Wieschen weet sülben ne, wat dat is, un wat dat kummt, — ehr kloppt dat Hart bit in de Kehl, un se much am leefsten wedder umdreihn un much no Hus loopen. Ober ne, — se will ’t nu ook weeten, wat loos is.

Un se drückt mol sinnig up de Klink, — — un meent nu mitmol, se hett de Dör van den Stall in Bethlehem open mokt: Up Andreas sien’n Disch mitten in de Kommer ligt ’n lütten Dannentelln, — up up den Telln steiht een Wihnachtslicht, un dat Licht smitt sien’n Schien up dat feine stille Gesicht van een junge Mudder, un up een ganz lütt Kind, — dat ligt bi ehr in ’n Arm un fummelt mit de lütten Handen hin un her. — Un to ’n Feuten van de isern Bittstäd steiht de ool Andreas, un kickt still vördol up sien grooten Handen — as wenn he beden deit. —

’n ganze Tied blift dat still, keeneen mag wat seggen. Denn geiht Wieschen Harms Foot vör Foot no’n Disch ran, un beugt sick no de junge Mudder dol: „Bist du dat, Marianne?“ Ganz week un warm is ehr Stimm nu mitmol.

Un jüst so week un warm kummt ook de Antwort: „Jo, Froo Harms, — bün ick.“

„Bi uns in de Schün —? Un bi Andreas in de Kommer?“

„Ick wüß an's narms hin, — ick hebb jo nüms up de Wilt, as blooß — —."

„Se is güstern morgen ierst kommen", segt Andreas sinnig.

Un nu kickt Wieschen up dat Kind: „'n lütten Jungen, oder 'n Diern?"

„'n lütten Jungen, Froo Harms."

Wieschen loopt de Tronen öber de Backen: „Un — is dat — Paul sien?"

Marianne nickküppt: „Jo, — is uns, — hört uns beid tohoop."

Wieschen ehr Stimm bebert för Freid un Noot: „Un — wonem is Paul? Weet he dat al?"

„Jo, — he is al hier wesen eben, — un he kummt ook gliek wedder, — he is blooß noch eben mit Aurora langsgohn — un holt uns noch wat ut de Aptheek."

Wieschen holt deep Luft: „Is he — noch dull up mi?"

„Ne, — goar ne mihr, Froo Harms."

„He wull noher gliek rober kommen", segt Andreas, „un wull mit di snacken, — dat dat all wedder in de Reeh kommen deit."

„Oach, man good!" segt Wieschen. „Gott Loff un Dank!" Un se kickt wedder still up dat Kind un up de junge Mudder: „Kann ick di wat hilpen, oder wat holn?"

Marianne schüttelt mit 'n Kupp un fummelt sinnig ehr Hand ünner de Dek rut: „Wenn Se 'n Oogenblick bi mi blieben mögt? — Un wenn Se ne mihr dull sünd up mi —?"

Un nu sitt Wieschen Harms doar bi ehr vör'n Bitt, sitt up Andreas sien'n ooln wackeligen Stoohl, un hett Marianne bi de Hand tofot, un kickt blooß jümmer no den lütten Jungen.

Un dat ward nu doch noch 'n Wihnachenobend, — — so scheun hett Wieschen Harms en lang ne mihr hatt.

ACHT JOAHR VAN HUS

Wihnachenobend in 't Seemannsheim in Bremen. Doar sitt son goode vierdig Seelüd — van teihn verschiedene Schep — rund üm son grooten Disch, singt af un an mol'n lütt Leed, un freit sick — — to den feinen Dannenboom mit all de Lichen, un to de fief grooten Dierns un Froons, de nu mit Kaffee un Kooken kommt, de jem Appeln un Nöt bringt, un de denn noch — bi jeeden Platz — son lütt fein Pakeet up 'n Disch sett, un wünscht bi jeeden „goode Wihnachen un ook wiederhin gooden Wind un goode Foahrt!"

Nu stünd se mit alle Mann an 't Utwickeln un Utpacken, un de een wunnert un freit sick noch duller as de anner.

Denn is wedder de faste forsche Stimm van den Husvadder to hörn: „Jä, — un nu mol 'n Oogenblick still, — un nu mol all herhörn! — Nu hebb ick hier noch een son lütt Pakeet, — dat is uns mit de Post toschickt, un doar steiht up: „An das Seemannsheim in Bremen — als Weihnachtsgabe für den Seemann, der am längsten von Zuhause weg ist!"

Allns grient un tuschel, ober — keeneen mildt sick.

„Wi könt dat woll am besten rutfinden", segt de Husvadder, „wenn ick van hier — mol eben frogen doo: Werkeen van Joo is länger as — — as twee Joahr van Hus weg? Mol eben de Hand hooch — jo?!"

He kickt de lange Reeh rüm un tellt: „Twee, — vier, — söß, — acht, — teihn, — twölf Mann! Danke! Good! Nu mol wieder: Werkeen is längeras dree Joahr weg? — — Twee, — vier, — söß, — söben Mann! — — Länger as vier Joahr? — Dree Mann noch! — Länger as fief Joahr? — Een noch!" Is son lütten roothoarigen Matroos — mit blaue Oogen un de ganze Näs vull Sünnpläck.

„Noa —? Wu lang denn?" segt de Husvadder.

„Acht Joahr!" röppt de lütt Seemann, un hullt de Hand noch jümmer steil in de Luft.

„Acht Joahr —?" segt de Husvadder. „Dat is 'n lange Tied. — Wonem kommt Se denn her? Ut wat för 'n Gegend?"

„Ick —? Ick komm ut de Geegend van Sonderborg!"

„Sonderborg —? Nordsleswig —?" segt de Husvadder. „Ober dat is doch goar ne so wied weg —? Doar kunnen Se doch licht mol — van Hamborg — oder van Kiel ut — —? Hebbt Se doar denn nüms mihr, de — — de up Se teuft un luert?"

De Lütt ward 'n beeten stiller un holt sien'n Arm wedder dol: „Mien Vadder is doot, — un — un mien Brü'er un Süstern sünd — sünd all wied utneen."

„Un — Ehr Mudder —?"

„Mudder —?" He dreiht den Kupp van 't Siet, as wenn he utspeen much. Denn kickt he wedder stief liekut: „Mudder hett sick wedder verheirot. — Hett 'nen Dänen nohmen! Hus un Hoff un allns is dänisch worden! Wat schall ick denn doar?"

Allns rundüm blift still. Keeneen mag sich reugen, un nüms mag wat seggen.

„Ober — — Ehr Mudder —", segt de Husvadder, „is doch jümmer noch — Ehr Mudder! Un wenn se noch doar is — un noch left —?! — Hebbt Se denn weenigstens af un an mol schreben? Mol 'n lütten Breef, oder mol 'n Kort?"

„Ne, — hebb ick ne, — keen Wort!"

„Ober — dat harrn Se doch müßt, Herr — —? Wu wür Ehr Nom man noch?"

„Erichsen!"

„Schrieben harrn Se doch mol müßt, Herr Erichsen!"

Do steiht up de anner Siet van den Disch — steiht son grooten langen Seemann van sie'n Stoohl up, un schufft sien Pakeet son beeten van 't Siet un segt: „Büst du de — Henning Erichsen — ut Söderup bi Sonderborg?"

„Jo, — — bün ick, — — wat denn?"

„Würklich —?“ segt de Groote. „Du, denn schall ick di greuten, — van dien Mudder, — un schall die — — — Oogenblick mol!“ He krigt sien Breeftasch rut un musselt in sien Papiern: „Un schall di düssen Breef geben! Komm hier! Fot an! Van dien Mudder!“

De Lütt is nu ook upstohn un stütt beide Handen up ’n Disch: „Van mien Mudder —?! Lot di doch nix utlachen, Mann! — Wat wullst du doar denn woll bikommen —? Ick kinn di jo goar ne!“

„Ne“, segt de Groote. „Ick kinn di ook ne, hebb di noch manlef ne seehn. — Ober dien Steefvadder, de tweete Mann van dien Mudder, — dat is mien Unkel. Un ick bün vör vierteihn Dog noch wedder doar wesen, een’n ganzen Dag bün ick doar wesen, — — un ick hebb lang mit em — un mit dien Mudder klöhnt. — Se dinkt vel an di, all beid. — Un dien Mudde luert Dag un Nacht, du muchst doch mol kommen, oder muchst mol schrieben! — Un doarüm hett se mi düssen Breef mitgeben, un hett segt, wenn ick di mol eenerwegens dropen schull — buten — in de wiede Wilt —! Komm hier! Fot an! Is ’n Breef van dien Mudder!“

De lütt Roothoarige langt mit bebern Finger no den Breef, un bekickt em van all de Kanten, un legt em vör sick up den Disch un sett sick wedder up sien’n Stoohl:

„So, un hier is denn ook dat lütte Pakeet“, segt de Husvadder. „Dat is denn jo ook för Se, Herr Erichsen, — för den Seemann, de am längsten van Hus weg is!“ Un he mokt sülben den Band open un wickelt den Krom ut: ’n Kasten mit Breefpapier, un ’n poar Postkarten, un ’n Bleesticken. Un he legt em dat — ohne een Wort wieder to seggen — blangen den Breef van sien Mudder — up ’n Disch.

„Danke!“ segt Henning Erichsen. Sien Stimm bebert ’n beeten, un he wischt sick mit de Hand öber ’n Mund.

Un denn — — denn geiht de Husvadder no vörn — no sien lütt Harmonium, — un se singt mit alle Mann — so good as se ’t könt: „Dies ist der Tag, den Gott gemacht!“

CHRIST KYRIE

Doar son ooln Kaptein — up 'n Wihnachenobend — mit den Jungen van sien'n Jungen — van Flottbek ut — no de Elf hindol, un kummt so ganz van 't sülben in 't Snacken un Vertelln:

„Ick much jo man keen „Ne“ seggen, mien Jung, un ick will di nu ook ne wedder ümschicken, an's — ick güng leeber alleen.

Weeß doch: Wihnachenobend mütt Grooßvadder jümmer noch mol eben no de Elf hindol, mütt noch 'n beeten up 't Woter kieken, un mütt noch mol wedder trück dinken — — an den een'n Wihnachenobend.

Du büst woll eegentlich noch 'n beeten to jung för sowat, — achtteihn Joahr, — ober wenn du nu Oostern ut de Lihr kummst, un geihst villicht ook bald mol butenlands, —? Kann di jo woll keen Schoden doon.

Lot uns hier man so dwarß dör gohn, un denn no Dübelsbrück hindol, — denn hebbt wi jo miteens de ganze Elf vör uns.

Kannst du di noch good up Grooßmudder besinnen, Willem? Weeß noch, wat se di all mokt un neiht hett? Un hett di wat vörsungen, — un hett jümmer so fein mit die spelt? — Wür se ne de beste — de allerbeste Grooßmudder? Un wenn du ehr as junge Froo seehn harrst, un as Jungdiern —! Sowat van Lachen un Leben —! Sowat van Oogen —!

Jä, un doch — — un doch harr ick ehr bald ne holt, harr ehr luern un sitten loten — in Schimp un Schanden. — Jä, du kickst? Wi Minschen sünd ne jümmer liek good. Wi hebbt all mol 'n Dübel in de Bost. Un wenn he bi de meisten ne mit Gewalt utdreben wörd, denn seeh dat woll slecht för uns ut.

Süh mol, mien Jung, — ick foahr domols noch as Matroos. Ick wür up de „Lisboa“, ’n Damper van de Oldenborg-Portugiesen. Ick wür ’n Matroos as se all würn: Lustig un licht. Bi Hus ’n lütte fast Brut, up See un butenlands: „Oach, wat scheert mi ’t!“

Wi harrn doar dree Weken wat an de Küst rümklappert, un leepen twee Dog vör Wihnachen in Lissabon binnen, — schulln doar noch ’n beeten Lodung tonehmen, un denn wedder up de Trückreis’.

Middogs krieg ick ’n Breef, van Hus, van Mettine Martens, van mien lütt Brut: Ick schall doch man jo bald kommen, dat wi — Hochtied geft, — se is — — se hett al allns sowied in de Reeh.

Weeß du, Willem, — wi Mannslüd — wi sünd wunnerliche Kirls. Wenn mol wat Grieses up uns dolkummt, doar goht wi stebens up loos. Wenn aber mitmol ’n Glück vör steiht, — denn krigt wi dat mit de Angst, un wet ne, wat wi moken schöt.

No Hus — un Hochtied geben? Mit dreeutwindig Joahr al Vadder speln un Kinner weegen? — Ne, dat paß mi ne! — — Jä ober — — wat denn an’s? — Oach wat, — eenfach ne wedder hingohn no Hus! Up ’n anner Schip rup, un denn rut no buten! Dat geef jo noch so vel frömde Länner! Un Broot wörd allerwegens backt!

Achter uns läg ’n ooln engelschen Frachtdamper, dreedusend Tonnen, schull röber no Rio de Janeiro, schull den annern Morgen al rut. — Wenn de mi mitnehmen wull —?

Ick leep un lüster den ganzen Nomeddag sowat rüm, un stünd obends Klock teihn bi ’n Engelschmann an Deck, un freug no den Käppen. Jo, ick schull man kommen, sä de, em fehl jüst noch een.

Nachts Klock dree harr ick mien Tüg un Krom al bi em an Bord. Un morgens halbig fief leepen wi ut, mit Kurs up Rio. Up de „Lisboa“ wür noch allns doot un düster, doar harr keeneen wat markt. Un nu — kunn mi nüms mihr hooln! Nu wür ick free, un vör mi läg de wiede Wilt!

Un doch wull mi 't all ne recht passen. Ick harr doar 'n ooln slechten Tusch mokt. Ick wür doar up 'n beusen Damper rupkommen. Keen Eul, keen Farw, keen reine Städ. De Matroosen — een noch fuler un smeeriger as de anner. Söben verschiedene Sproken, verstohn kunn ick bald keeneen'n. — Ober dat dä jo ook ne neudig. Mi bruk jo keeneen wat to seggen. Ick wüß mien Arbeit, un ick güng doar up dol — as unklook.

Morgens Klock acht harr ick dat Vörschipp al upkloart un wür bi 't Deckwaschen. Middogs Klock twee stünd ick al boben up de Kommandobrück an't Stüer. Südwest uns Kurs. Blanke See. Un de Ool, de Käppen, jümmer bi mi hin un her.

Obends Klock söß ward ick ierst wedder afleust. Dat will nu al jüst düster warden. „Nehm de Flagg man noch eben weg — achter", segt de Ool to mi — up engelsch, „un denn goh ook man dol, un fier man Wihnachen mit!"

Wihnachen —? Doar harr ick jo noch goar ne wedder an dacht. — — Un ick goh an Deck un goh no achtern, un will de Flagg dolholn. Do will se sick ne dolholn loten. Hett sick versnaddelt. Sitt tweemol üm den ooln scheeben Flaggstock rüm, un will sick ook ne freeswunken loten. — Ick krabbel mi up de Reling rup, de Lien in de Hand, — un krieg doar mimol dat Scheeten, un fleeg so van boben hindol — no achtern över Bord. Un feuhl noch, dat mi de Lien scharp in de Hand ritt, — un hör noch wat knacken un breken, — — un denn — sitt ick ook al deep ünner 't Woter. — Dat küselt un weuhlt, un smitt mi 'n poarmol rundrüm, — ober denn krieg ick doch den Kupp wedder rut ut 't Woter, un kiek mi üm, — un drief — mit Flaggstock un Flagg — al wied achterrut up de See. Un will roopen, un hebb ne gliek Stimm, — mütt sluken un speen, — un as ick mien ierst „Hilpt mi!" togangen krieg, — do kummt dat al goar ne mihr hin. Dat tweete un drütte ierstrecht ne mihr. Jümmer wieder löppt de Damper, jümmer kötter ward de Masten, — ick kann al goarkeen Tau un Tokel mihr seehn.

Do gef ick dat Roopen denn ierstmol up. Hebb ober noch wieder keen Angst. Ne, wat, — ick hebb jo den Flaggstock, — dat is 'n Dings as 'n Bootenmast, — de schall mi woll drägen. Ick hebb den Kupp un de Schullern ut 't Woter, un dat Woter is ook goar ne so koolt, — — ick will dat hier woll af — solang. — Se möt nu jo ook gliek rümdreihn un — möt mi holn!

Ober ne, — se holt mi ne. Dat hett jo woll keeneen hört un seehn —? Un marken —? Jä, werkeen schall 't marken? De ool meent, ick bün no binnen gohn. Un binnen — doar wet se van nix. Un denn —? Herrgott, wat ward doar denn van?

Jümmer liekut stüert de Damper, jümmer liekut. Ick kann em man eben mihr seehn. Un denn toletz — denn is he weg. Un denn ward 't düster. Stierns blinkt dör, de ganz Heben een Glitzern. Un ick drief alleen up de See. Hunnert Mieln van Land. Un denn ook noch jüst up een Streck — dat is hier keen Nordsee oder Elf, — hier kummt man alle Jubeljoahr mol 'n Schipp langs, — kann Weken un Mond duern, bit mi hier mol een finden deit.

Ne, ick mütt 't upgeben. Is ut mit mi! Un is 'n klöterig Enden. Up 'n Wihnachenobend, — un denn ook noch jüst so — — mit de ool engelsche Flagg hier in 't Woter, — un bihus — mien lütt Mudder, — un Mettine Martens, mien Brut, — — sitt doar nu ünnern Dannenboom, — un kiekt mit heete Oogen in de Lichen, — un leggt de Handen in 'n Schoot, — un — — —

Lot uns hier man bestohn blieben, Willem! Un — frog mi man ne mihr! Ick kann di dat doch ne so vertelln, wat ick de Nacht all dacht un dörmokt hebb. Harr di dat ook goar ne ierst seggen schullt.

Süh mol, mien Jung! Kiek mol doar! Doar kummt jüst wedder een an! Dat is son Oart Damper, — een van Wörmann sien! — So käm he doar ook bi mi an, medden in de Nacht, geegen Morgen woll al, — ick weet ne, wu lot. Ober roopen hebb ick, roopen as dull! — He brus' an mi vörbi, — ick dreef al langsiet, — ick dreef al achter bi 't Heck, un reet noch mol all mien beeten letzte Stimm tohoop: „Hilpt mi! Hilpt!"

Ober de Damper weuhl wieder. De groot Schruw klopp stüttig ehrn Gang. — Un stünd denn doch up eenmol still! Un hau wedder öberstüer! — Käm Licht an Deck! — Loopen un Leben! Fleug 'n Boot to Woter! Käm de lange Streck wedder trück, un biester öber de See — as wenn een to Foot mit 'n Lamp — öber 't Woter kommen dä.

„Christ Kyrie!" scheut mi dat dör 'n Kupp. Un ick füng wedder an to roopen un to gröhln, — bit se mi funden harrn un teugen mi in de Boot.

'n halbe Stünden noheer läg ick week un warm in de Kooje — up 'n „Adolf Wörmann", mit Kurs up Hamborg.

Se würn twindig Seemieln ut 'n Kurs wesen, hett mi de Käppen noheer vertellt, — se würn an's jümmer vel dichter ünner de Küst langsgohn. Worüm nu düttmol grode anners, — dat wüß he ook ne.

Ooljoahrsobend wür ick wedder bihus. Un seet bi mien lütt Mudder in de Döns. Un de Dannenboom brinn noch mol wedder. — Un Mettine Martens seet bi mi, — un wi harrn uns bi de Hand tofot, un snacken, — van de Hochtied, — un snacken ook al mol — ganz sinnig — van em, de al ünnerwegens wür, — van dien'n Vadder.

Süh mol, mien Jung, — wenn du dat ook noch ne all so verstohn un begriepen kannst, — — weeß du nu, worüm Grooßvadder — Wihnachenobend — jümmer noch mol eben — no de Elf hindol geiht?

Lot uns hier man still bestohn blieben, un up 't Woter kieken! — Dat is ook jüst wedder so fein stiernkloar vannacht, — — jüst so as do — doar buten up See."

BÜST DU AL DOAR —?

Wihnachtsmann, büst du al doar
mit dien'n grooten Packen?
Vadder is noch goar ne kloar,
Mudder is an 't Backen.

Wihnachtsmann, wat hebbt se segt,
kummst du ganz ut 'n Heben?
Hest du mi een Popp mitbröcht?
Magst mi de woll geben?

Oah kiek! Een mit hille Hoar!
Jo, de mag ick lieden!
Denn kann de van vörig Joahr
mien lütt Süster kriegen.

Wihnachtsmann, ick dank di fix!
Komm, ick gef di 'n Seuten.
To de annern segg ick nix,
blooß — ick schull jem greuten.

Wihnachtsmann, nu goh man giern
wedder no dien'n Sleden!
Will mien Popp gau Plattdütsch liehrn
un denn — wöt wi beden!

DE BRUNE SCHIMMEL

Wihnachenobend
denn goht wi no boben,
denn pingelt de Klocken,
denn danzt de Poppen,
denn piept de Müs'
in Grooßvadder sien Hüs'.

Wu mannigmol hett uns' Vadder uns dütt lütt Riemels herbed, so eben vör Wihnachen, obends in de Schummeree, wenn he bi uns up de Bank sitten dä, un wi mit alle Mann bi em rüm. Ick — as de lüttste — bi em up de Knee: „Oah Vadder —! Noch mol!"

„Wihnachenobend — denn goht wi no boben — —!" Wat kunn uns' Vadder dat jümmer scheun upseggen! Allns butenkupps! — „Fein — —!" dach ick jeedesmol.

As ick noher 'n beeten grötter un ook al 'n beeten kleuker wörd, do dach ick: „Oach, — dat hört sick jo ganz scheun an, ober — Tühnkrom is 't doch! Wi goht jo goar ne no boben. Un boben — doar wohnt jo ook goarkeen Lüd, doar is jo blooß uns' Böhm. Un Grooßvadder —? Grooßvadder hett jo goarkeen Hüs' un keen Müs'. Tühnkrom all! Vadder schull sick man mol wat anners utdinken!"

Ober denn wörd ick noch jümmer grötter, un güng no See, un güng rin in 't Leben, un — kreeg Heimweeh. Ne no Hus, ne, — no mien Kinnertied, no de Schummerstünden so eben vör Wihnachen. Un ick dach wedder an Vadder sien lütt Riemels: „Wihnachenobend — denn goht wi no boben!" Un denn up eenmol wüß ick, wat dat heeten schull, — wüß ick, wat dat to bedüden harr: Goht wi no boben. — Wi ne, — uns' Gedanken goht no boben, — un goht ook wedder trück, wied trück, bit in uns' Kinnertied, — un denn hört un seeht wi allns wedder, wat wi as Kind al mol hört un seehn hebbt, — „denn pingelt de Klocken, denn danzt de Poppen, — —"

Jo, dat is 't, dat schall 't heeten: Wihnachen sünd wi all mol wedder ganz ganz lütt, un wenn 't ook man för 'n Oogenblick is, — alltohoopen, jeedes Joahr wedder. Un — ick gläuf — am meisten un am besten, de de 't as Kind man ganz lütt un ganz eenfach hatt hebbt.

Wenn 't meist jümmer gries un düster is, den ganzen Harwst un Winder gries un düster, — denn brinnt un schient de lütt Dannboom to Wihnachen jo noch vel hiller, un wenn he ook krumm un scheef is, un hett man een lütt Licht. — Wenn 't an's in 'n Hus' bald goarnix geben deit, keen Spelkrom, keen'n Kooken, keen Tüg, — denn freit 'n sick to Wihnachen jo noch teihnmol so dull, to jeeder lütt Stück.

As ick lütt wür, — wi würn mit vier Jungs un een Diern in 'n Hus', un wi kreegen jeedes Joahr to Wihnachen 'n Fatt mit Nöt un Appeln, un denn noch jümmer een lütt Stück bobenup: 'n Griffelkasten, oder 'n Mütz, oder 'n Poar Strümp, oder wat wi jüst so bruken kunnen. — Un denn harrn wi lange Joahrn hindör ook noch een Stück, dat güng van 'n een'n up 'n annern.

Dat wür 'n groot fein hüllten Peerd. Dat harr uns' Jann mol to Wihnachen kregen, as Schimmel, fein in Wichs, mit'n richtigen Stiert ut Hoar, — stünd up son Brett mit Röd. — Dree Weken harr Jann em toreden, ierst in'n Hus', denn vör de Dör, denn den Diek hindol. — Do wür 't sowied: Uhrn af, — Röd af, — Stiert utreten! — Weg mit den Schimmel! Up'n Schuerböhm rup mit em! — — (De Schuerböhm — dat wür bi uns son Oart Rumpelkommer.)

Dat anner Joahr to Wihnachen kreeg uns' Hein 'n Peerd, meist son as Jann hatt harr, ober swatt, gneterswatt, — ohne Uhrn, un de Stiert wür ut Tüg. — Jann öberhol em gliek mol, bekeek em van all de Sieten, ober

— seggen dä he nix. — Käm he ook goar ne to. Hein wür al vördull an 't Rieden. — Vier Weken Galopp, — do harr he em ook wedder sowied: Snut upkleuft, Been af, Stiert utreten. — Weg mit den Swatten! Up 'n Schuerböhm rup mit em!

Dat anner Joahr kreeg uns' Jakob 'n Peerd, meist son as Hein hatt harr, ober — brun, ganz brun, — harr blooß 'n tohoopbunden Snut, harr 'n anlascht Been, un harr 'n Stiert ut 'n Stück Ledder. — Jann un Hein keeken sick an, sän ober nix. — Jakob wür ook al as wild an 't Jogen, jümmer van een Eck in de anner: „Über Stock und über Steine, aber brich dir nicht die Beine —!" Dat dä he ook ne, de ool Voss, ober — he breuk den Hals, — fief Weken no Wihnachen. Jakob harr jo woll so gau mit em üm de Eck wullt, — Kupp af! Un de Voss will ohne Kupp den Diek hindol. Hein woll em noch fasthooln, — Stiert ut! — Noa, denn wür 't jo ierstmol wedder Fierobend. — Weg mit den Voss! Up 'n Schuerböhm rup mit em!

Dat anner Joahr segt Jann to mi: „Ick weet doch, wat du to Wihnachten kriegen deist!" — „Noa, wat denn?" — „Du krigst 'n Peerd!" — „Ne, dat gläuf ick ne!" — „Wöt wi mol wetten?" — „Jo, wöt wetten!" — „Nem üm?" — „Oach, — üm 'n Appel!" — „Good, — Hand her!"

Mudder müß dörhaun. Mudder knipper mit de Oogen, un Jann verspel sien Wett. — Ick kreeg to Wihnachen keen Peerd, ick kreeg 'n Poar feine Fusthandschen, ut Schopswull, harr Mudder sülben spunnen un knütt. — Un Jann müß mi sien'n besten Appel geben. Un he wür beus in de Baß, un schimp up den Wihnachtsmann, dat de ne mol 'n ooln Peerdkupp wedder ansetten kunn!

Ober dat kunn de Wihnachtsmunn doch, dat duer blooß 'n beeten länger. Dat anner Joahr to Wihnachen kreeg ick 'n Schimmel, 'n sneewitten Schimmel, — harr blooß 'n poar groote Nogels an 'n Hals, harr 'n anstückt Been, un harr 'n Stiert ut 'n Stück Tau, — Manillo-Tauwark van Vadder sien'n Fischereebe.

Oh, wat hebb ick mi freit to den Schimmel! Gliek mit 'n Tofoahrt rup, — Zuckeldraff: „Hüh, hüh, hopp!" Eulich so mit de Hacken ünner 'n Buk! — Un ick kiek so an mi dol, un hebb de ganzen Kneen vull Farw. — Un ick stieg wedder af, — mien Büx is witt un mien halbe Schimmel is brun!

Un mien dree grooten Brü'er — de lacht mi ut vuller Kehl wat ut. Un Mudder kickt sick dat Peerd an, un segt to Vadder: „Doar hett de Wihnachtsmann jo ook keen Eul genoog ankregen, un keen Sikkativ!"

Un Vadder grient un segt: „Joa, de Wihnachtsmann, — de harr man ne recht wat mihr , — un in 'n Winder will de Krom ook ne so dreugen!"

Ober acht Dog noheer wür mien bunte Schimmel doch dreug, un dat Rieden kunn wedder loosgohn. Un ick hebb doar noch 'n half Joahr up reden, — ne twei to kriegen! Ober toletz harr ick em doch ook wedder sowied: Twee Been af, un dat Gnick ümdreiht! — Blooß den Stiert — doar kunn ick nix anmoken. Den Stiert — den harr uns' Vadder doar nu so fast rinspleeßt, — doar kunnst 'n ganzen Buerhoff an uphangen.

Dat kannst du ook noch jümmer. De ool Schimmel steiht noch jümmer so bi uns up 'n Schuerböhm —mit 'n Stiert ut 'n Stück Tau, mit annerthalf Been, un ohne Kupp un ohne Hals, — un is dat beste Peerd, wat ick mi dinken kann. — So eben vör Wihnachen — denn sünd mien Gedanken jümmer wedder bi em, — un

„Wihnachenobend
denn goht se no boben,
denn pingelt de Klocken,
denn danzt de Poppen,
denn piept de Müs'
in Grooßvadder sien Hüs'!"

DE WIHNACHTSSTIERN

Doar sitt son Stücker teihn groote Jungs un Lichtmatroosen an Land in de Schenk, un vertellt sick allerhand Krom van de Seefoahrt, — un kommt ook up den Wihnachtsstiern to snacken, de af un an — up 'n Wihnachenobend — noch mol dörblinken schall. Un se lacht un jizzt doar öber, un gläuft doar ne an. — Bit — up de lütt Bank in de Eck — de ool Käppen Schuldt mol up 'n Disch haun deit:

„Un wenn ick Jo nu segg: Ick hebb em sülben seehn? Greunsnobels Ji, — wat seggt Ji denn?"

„Du hest em seehn? Den Stiern? Den Wihnachtsstiern? Oach, Käppen Schuldt —?"

„Ick hebb em seehn, so woahr as ick hier sitt!" Un nu legt Käppen Schuldt sien Piep up 'n Disch un fangt an to vertelln: „Dat ward nu heilig Obend — eenunsößtig Joahr. Wi kämen van Holland her, mien Ool un ick, mit 'n Lodung Weeten, bit an Deck to Woter.

Wür gries un diesig, — West-Süd-West mit Regen. Wi harrn van Nordernee her nix mihr seehn, — keen Licht, keen Land, keen anner Seil. Wi stüern no't Loot un no uns' oole Nodel, — stüern jümmer Oost up teihn Fohm Woter up.

Wat wet Ji Jungs van Seiln un Seuken af?! Ji heet Joo: „Seelüd"? Ick segg: „Damperjantjes!" Ji sitt up groote Schep mit groote Schruben, mit Kreiselkompaß un mit Funkendroht, — loopt as up Schenen van 'n Hoben bit in 'n Hoben, van Füer to Füer, mit teihn Mann up de Brück!

Wi würn alleen an Bord, mien Ool un ick, — ick wür ierst twee Joahr ut de School. Uns' Eeber oolt, uns' Seils un Tauwark good. — Wür jo ook jüst keen Störm, blooß stiebe Bries un hooge Dünung, — un so dick van Smutt, — bi halbig söß rüm wür 't al stickendüster.

„Hool 't Ru'er mol eben!" segt mien Ool, un langt no 't Loot un geiht no vörn. — Ick hebb jo woll ne nau noog stüert, — de Wind wür flabbig, — schuben See, — — dat Seil haut rüm. — De Giekboom knallt in Stücken, — un Voder ligt för doot an Deck.

„Ick wür ierst sößteihn Joahr oolt", sä ick eben —? Nu wür 'k jo woll mit een'n Slag sößuntwindig. Ick drück dat Ru'er in Lee un leep no vörn. De Fock stünd back, dat Seil hau hin un her, — — un Voder läg un stöhn man so. Ick slep em mit no achtern, pack em lang in 'n Roof. He lef un keek mi an, — dat wür 't ook all. Sien Oogen wiesen rut no buten.

Ick güng an Deck un smeet dat Grootseil dol. Un mok mi 'n Reff. — so güng 't ook ohne Boom. — Denn smeet ick 't Loot ut, — smeet 't noch mol: Vier Fohm man blooß! Un wedder mol: Vier Fohm! Wi würn up 'n Dreugen, boben up de Gründen! De Seen harrn steile Küpp, — dat brüll un schüm, — un ründum nix as gneterswatte Nacht.

Vier Fohm man blooß! Wür dat de Süd? Wür 't Robbenplot? Wür 't Vogelsand? — Harr Voder denn ne segt: „Bald kummt de Elf!"?

Ick stünd wedder an de Dör van 'n Roof: „Wi sünd up 'n Dreugen, Voder! Vier Fohm Woter! — Wi drieft in 'n Brand! — Wat schall ick stüern?" — — He dreih den Kupp van 't Siet un stöhn.

Ick wür mitmol keen sößuntwindig mihr, — ick wür 'n Gör, wür 'n ganz lütt Kind, — ick fleug un bew an Arms un Been, — ick dach no Hus hin, — Wihnachenobend —! Ick kreeg dat Schreen, de Tronen kämen ganz van 't sülben. De hooge Dünung reet mi üm, — ick seet al mit de Kneen an Deck un kneep de Finger fast üm 'n Stütten.

— — Uns' Herrgot hett 't jo woll för Beden rekent. — — — — —

Doar wür mitmol 'n Licht vörut in Lee, stünd hooch an 'n Heben as son Flackerfüer, teihnmol so hill as an's uns' besten Stierns. Un wür doch dick van Smutt, — de Wulken harrn keen Löcker.

„Doar mütt de Elf wesen!“ wieder dach ick nix. Ick krabbel mi no vörn, un sett dat Seil. De Schoot stief an! Lot gohn de Fock! Un denn no achtern un an ’t Ru’er. Un hool ook forts up ’n Stiern loos: Nord-Nord-West, — jüst vull un bi, — ick kann ’t so eben stribsen.

Un knapp, dat ick ’r Foahrt up hebb, de Eeber stukt un smitt sick in de Kant, — — do is he weg, de Stiern. Nix mihr to seehn, keen’n Blink, keen’n Schien mihr, allns is balkendüster. De See haut öber Deck, dat knappt un knokt.

Ick ober stoh un hool den Kurs, hool Nord-Nord-West, — lot kommen, wat will. Ick quäl mi ne üm Huln un Brusen, — ick dink blooß jümmer: „Nord-Nord-West!“

No ’n goode Stündn, — könt woll ook twee we’n hebben, — dreep ick dat Elbe-Füerschipp recht up ’n Kupp, — kreeg ’t ober ierst so lot in Sicht, — ick kunn ’r al meist mit ’n Steen hinsmieten. — Ick reet mien Ru’er to Luward up, un heul mit Oost-Süd-Oost liek in de Elf.

De Sicht wörd nu wat beter, allerwegens Lampen. Bi ’t drütte Füerschipp käm mien Ool togangen, — kreeg wedder Stimm’ — un freug: Wonem wi würn?

Ick segg: „Ligg man noch still! Ick komm woll kloar! — Mi hett de Wihnachtsstiern mit holpen!“ — — —

— — —

Noa, Jungs, un nu — —? Nu lacht un jizzt doch wieder! — Wat is ’t denn wesen an’s? Nu seggt mol Joon Verschäl!“

„Jä, Käppen Schuldt, — wat is dat wesen? — Topplamp van ’n grooten Damper —?! Oder’n Lootsenschuner!“

„Doar ganz up ’n Dreugen? Boben up Scharhörn —?“

„Denn hett woll doch mol ’n Stiern dörkeken? Son ganzen hilln! Villicht de Obendstiern —?“

„De Obendstiern —? Up Nord-Nord-West? — Un Ji wöllt Seelüd wesen? — — Kreuger, bring mi ’n Grog! — Un bring de Jantjes Melk un Billerbeuker! — Dat anner al — — dat is noch nix för jem!“

DE LÜTT DANNBOOM

De lütt Dannboom wür trurig, — so trurig, as man blooß 'n Dannboom wesen kann.

Ierst harr he sick so freit, dat se em mitnohmen harrn, un harrn em mit up 'n grooten Wogen packt, un harrn em mit no Stadt hinfoahrn, un ook gliek mit up 'n Marktplatz rup, — so recht in all dat bunte Leben rin.

Un nu —? Nu läg he hier al acht Dog an 't Rickels, un keeneen keek em an. All de annern Bäum, de so in sien Öller un ook sien Geegend würn, de würn al all verköfft. De meisten van jem stünden woll al in son lütte mollige Döns, un stünden al fast up 'n Foot, un wörden al bunt mokt. — Un he? He läg hier 'n Stoff un kunn hier luern un — versuern. Keeneen wull em mithebben.

„Wat is dat doar denn noch för 'n lütten scheeben?" freugen de Froonslüd jümmer.

„Oach, dat is een as Utschott, dat is een in 't Füer!" sä Plünnjoochen denn jeedesmol. „Doar hett de Buer mi mit ansmeert. — Dat hebb ick goar ne markt — in de gangen. — De hett as „Kind" woll mol de Spitz afbroken, un is denn son beeten krum üm de Eck wussen. — Wenn em een mithebben will, — —? Mienwegen!"

Ober denn schütteln de Froonslüd all mit 'n Kupp un söchen sick 'n annern Boom ut.

„Oh ne, düsse Minschen —?!" dach de lütt Dannboom. Un he keek in Gedanken sien Leben wedder trück, un dach: „Oh, düsse verdreihten Jungs!? Wonem de Gäst woll afbleben sünd? De möt nu jo ook al groot wesen, — loopt villicht al lang mit Slips un Krogen, un dinkt al goar ne mihr an mi. Un wet dat oberlingen ook goar ne, wat se anricht hebbt. — — Kommt doar man eenfach so ansusen — bi jemehr ool „Krieg spelen" — un smiet sick doar — mit dree Mann hooch — dicht bi mi in 't Gras. Un denn — — — „So, Willi", segt de een, „bit hier sünd wi wesen, bit an 't Holt ran!" — „Jo, Heini", segt de anner, „un to 'n Teeken, dat wi bit hier wesen sünd, nehmt wi uns 'n lütten Dannteлln mit!" — „Oach wat — Telln!?" segt Hannes Unbehaun. „'n Telln is goarnix, — — 'n Spitz mütt dat wesen! Hier düsse scheune lange!" Un doarmit ritt he ook al sien Mest ut 'n Reemen, un snitt mi mien Spitz af, mien scheune lange Spitz, — so stuf weg af, dicht boben mien heuchsten lütten Tellns!

Oh, wat hett dat weh don un watt hett dat blött! Dree Weken hett dat blött. Ober denn — hebb ick mi tohoop reten un hebb mi sülben holpen. Hebb een'n van mien besten Tellns steil no boben böhrt — so good as 't güng, un bün dann so wieder wussen, fief Joahr hindör, — un bün meist ebenso hooch worden as de annern Bäum. — Ober nu —? Nu hett dat jo woll doch all nix holpen —? Wenn mi nu doch keeneen hebben will —? Wür ick denn doch man leeber — — — buten in 't Holt bleben! —

Oh, düsse verdreihten Jungs! Un düsse verdammte Hannes Unbehaun! — Wenn ick em hier harr, un ick kunn em to Kleed, — — mit all mien spitzen Nodeln steek ick em in de Oogen, dat em de Tronen över de Backen leepen !"

*

„Gooden Dag, Joochen!" käm doar mit mol een anhumpeln. „Wat is 't? Hest du för mi ook noch een'n?"

Plünnenjoochen dreih sick üm un wunner sick: „Hallooh —! Minsch, Hannes —?! Hannes Unbehaun! Lefst du ook noch? Wonem kummst du denn her? Di hebb ick jo in söben koolte Winder ne mihr seehn?"

„Jä, magst woll seggen, Joochen. Oach, ick bün al 'n ganze Tied wedder bihus, — hebb ierst noch lang' in 't Lazarett seten, un bün denn — —"

„Du geihst an 'n Stock —? Hest ook wat afkregen —? Wat an 't Been —?"

„Jo, an 't Been, un an 'n Arm, un an 'n Foot un allerwegens. Ick hebb mien Deel weg. Ober — — lot man! Hilpt sick all! — — Wat is 't? Hest noch 'n lütten scheunen Boom för mi? Son lütten gotlichen —?"

„Jä, de lütten sünd al meist all weg, Hannes. — Ober hier — de poar letzten grooten noch! Wat segt du doarvan? — Seuk di een'n ut!"

„Oach ne, Joochen, dat is nix för uns. De krigt wi jo goar ne pall — in uns' lütt Döns. — Ne, ick dach so een'n — up de Kommod to stelln. — Wat is dat denn noch för een'n doar in de Eck an 't Rickels? Oder is de al verköfft?"

„Ne, Hannes, verköfft is he noch ne, ober — dat is een as Utschott, weeß du. Doar hett de Buer mi mit ansmeert. De hett as „Kind" woll mol de Spitz afbroken un is denn son beeten krum üm de Eck wussen un is verkröpelt." —

— — — — „So", dach de lütt Dannboom, „nu is dat wedder so wied! Nu dreiht he sick üm un — geiht weg — oder söcht sick 'n annern ut. Hannes Unbehaun! — Du, Hannes! Kiek mi doch mol an! — Kinnst du mi denn goar ne mihr!"

— — — — „Dat is een as Utschott", meen Plünnjoochen wedder. „Is een in 't Füer. Hett de Buer mi mit ansmeert!"

„He hett ober feine dichte Nodeln", sä Hannes Unbehaun, un he böhr den Boom al mol sinnig up, un dreih em hin un her. „Un is nerden ook scheun egol wussen!"

„Jo, dat is he, — — bit up de scheebe Spitz eben, — an's is doar — — —"

„Un doar kann he jo sülben ook nix för. Keen weet, wat he mol hatt hett —? Is woll ook mol 'n beeten „kriegsbeschädigt" worden, — genau so as ick. — — Geef em mi man mit, Joochen! Wenn he bi uns up de Komood steiht, un is 'n beeten bunt mokt, un hett sien negen oder teihn lütten Lichen up 'n Liew, — —"

„Denn is doar nix mihr van to seehn, dat he 'n beeten scheef is. Dat is ook woahr, Hannes. Nehm em man mit! Wenn du em lieden magst —!"

„Jo, — wat schall he kösten, Joochen?"

„Nix, Hannes, — den schink ick di to Wihnachen. Blooß dat ick em loos ward, — ick wür doar an's doch mit besitten bleben. — Komm, — ick stek em di ünnern Arm! Geiht 't so? Hest em good fot?"

„Jo, hebb ick!" sä Hannes. „Veln Dank, Joochen! Un denn man — freulich Fest!"

„Danke, Hannes! Meen 't ook so!"

Un nu pedd Hannes Unbehaun sick Foot för Foot mit sien'n lütten Dannboom no Hus. Un de lütt Dannboom kreup ganz dicht no em ran, un wür goar ne mihr dull up em, — un wür ook goar ne mihr trurig.

— — —

Un obends seet Hannes Unbehaun mit sien lütt Mudder — un mit son groote feine Diern, de dütt Joahr dat ierste mol mit jem tohoop fiern wull — dicht ünner den lütten Boom. Un se keeken all dree mit blanke Oogen in de teihn lütten Lichen, un seeten ganz still.

Un de lütt Dannboom reck sien scheebe Spitz bit boben unner 'n Böhm, — — un frei sick so dull, as sick man blooß 'n Dannboom frein kann.

SIEN WIHNACHEN

Dat wür 'n ooln slechten Wihnachenobend. Störm un Regen un Snee, — jümmer een Flog üm 't anner.

Den ganzen Nomeddag wür de ool Jann Beumer mit sien Posttasch ünnerwegens wesen, — hier mol 'n Breef hin, un doar mol 'n Koart, un doar mol 'n lütt Pakeet. Allns liek wiedleftig, un de ganzen Footweg' een Slick un Muratz.

Un denn ook noch jümmer den ooln osigen Breef in de Jackentasch, sien'n eegen Breef, den he sülben vör dree Weken schreben harr — an sien'n Jungen, an sien'n Klaus, — den harrn se em nu vandog wedder in de Hand steken. „Gefallen auf dem Felde de Ehre!" stünd doar up. — Dat wür nu sien Wihnachen. Dat wür 't all, wat he kregen harr.

Un düsse een lütt Breef wür em nu vandog so swoar worden, vel swörer as all de annern Breef' un Pakeeten. Rein püttjerig wür he doar van worden, he harr sien Gedanken toletz al goar ne mihr up 'n Hümpel hooln kunnt, — he wür blooß jümmer so wieder loopen, un harr sien grooten Slickstebeln un sien'n natten Rock al goar ne mihr markt.

He harr blooß jümmer an sien'n Klaus dacht, — harr em wedder as lütten Jungen blangen sick loopen seehn, harr em potern un lachen hört. — Un harr em denn ook wedder so seehn — as he nu toletz weggohn wür, groot un stebig, mit hille Oogen un brune Backen. — Un denn harr Jann Beumer wedder an sien'n Breef dacht, un harr ganz deep Luft holt un mit 'n Kupp schüttelt. Ober he harr to keenneen'n wat segt, harr sick nix marken loten, den ganzen Dag ne, — se kunnen em jo doch ne hilpen, — un beduern loten much he sick ne giern.

*

Natt un verklohmt käm Jann Beumer obends lot wedder bi sien Stroohdackkot an. Dat wür nu al bannig düster.

He klink de Dör open, un steek sien lütt Lamp an — up 'n Disch — un hüng sien'n natten Rock öber 'n Stoohl, — un quäl sick de grooten Stebeln van de Feut.

Un denn seet he up de Eck van 'n Disch, un harr sien'n Breef wedder twüschen de Finger, un wüß ne wat he moken schull. Open moken un lesen wull he em ne wedder, - he wüß jo ook so, wat doar binnen stünd. — „Seh man zu, daß du zu Weihnachten mal auf Urlaub kommen kannst!" stünd dor ook mit in. Ober — dat harr Klaus nu jo goar ne mihr to lesen kregen. — Up Urlaub —? Nu läg he — doar achter in Frankriek eenerwegens — doot in de Ierd — — —

Doar kämen jümmer noch mihr Gedanken up Jann Beumer dol, un se wörden jümmer düsterer un jümmer grieser, — bit Jann toletz mit Gewalt geegen jem an güng un — smeet jem in de Eck.

He wull sick man noch 'n beeten Kaffee warm moken, dat he anners tomood wörd, — ober he harr ook keen Lust mihr, noch ierst rümtopüstern. He wull man so 'n Stück dreug Broot eten. Ober as he den hatten Knust in de Hand harr, do harr he ook al keen'n Hunger mihr. Oach, he wüß sülben ne, wat he wull. He wull man gliek in de Kabuz kreepen, dat he weenigstens warme Feut kriegen dä.

Ober ünner sien swoare rootbunte Dek — leeten em sien Gedanken ook noch ne mitfreden, kämen jümmer wedder mit den Breef anslepen, — — „Gefallen auf dem Felde der Ehre!" Vier son Breef' harr Jann Beumer nu al utdrogen — in jemehr lütt Dörp, — — den föften harr he sülben kregen.

„Gefallen — —" dat wür jo noch vel swörer un vel slimmer as Harm Fock sien Breef mit dat ool „Vermißt!"

Harm Fock — —? Harm Fock —? För den harr he doch vandog ook wedder wat hatt —?! Wür de doar denn goar ne hin wesen? He harr ober doch — 'n Kort — — oder —? Lest harr he den Nom eenerwegens — —?

Jann Beumer steek den Been wedder ut 'n Bitt, un güng no 'n Disch ran, un mok Licht, — un keek noch mol in sien groot Tasch, — — un — jo, woahrraftig, — doar seet noch een son lütte Postkort in de Eck, — son lütt vergrabbelt Dings, mit allerhand Stimpels up, un mit Harm Fock sien Adreß.

Wat nu —? Noch hinbringen? Vanobend noch? Bi son slecht Wetter? — Oah ne, dat harr woll Tied bit morgen. Wonem käm dat Dings denn her? Ut de Stimpels kunn Jann ne klook warden, — un den Nom — ünner de Kort? „Hinrich —?" Van Harm sien'n Hinnik —? Ober de wür doch „vermißt", —?

Dat wür man lütt un krickelig schreben un dörwischt, ober toletz kreeg Jann dat doch rutbookstobiert: „Liebe Eltern, ich bin in russische Gefangenschaft, bin aber gesund und munter, und hoffe dasselbige auch von euch. Wenn der Krieg aus ist, komme ich wieder. Haltet euch man gut. Mit Gruß euer Sohn Hinrich."

Un nu seet de ool Jann Beumer wedder up de Dischkant, un kunn doar mit 'n besten Willn ne mihr klook ut warden, wu de leebe Gott dat eegentlich harr — mit de Minschen? Den een'n drück he son ooln osigen Breef in de Fust, un nähm em allns, wat he noch hatt harr. — Un den annern schick he man eenfach son lütte Kort in 't Hus un geef em — jüst up 'n Wihnachenobend — den grooten Jungen wedder. — — Dat güng doch ne gerecht to — up de Wilt —? Oder — harr de leebe Gott wat geegen em? — Oder — geef dat goarkeen'n leeben Gott mihr?

Un nu wrangel sick twüschen Jann Beumer sien Gedanken son lütte gleidige Stimm hindör: „Goh wedder in de Puk, Jann! Dat is koolt hier in de Döns! Du sackst di wat up! — De Kort —? De Kort kannst du jem morgen langsbringen. Harm un Leeno sünd nu doch al up 'n Bitt, — un de Freid kummt jümmer noch tiedig genoog. Du hest jo ook keen Freid hatt vanobend!"

Ober Jann Beumer schüttkupp un wull doar ne up hörn: „Ne, ne, wes' still! Dat is Wihnachenobend, — un Harm Fock un sien Leeno liggt doch noch wok, — un dinkt an jemehrn Hinnik, — un wet ne, wat loos is."

Oach wat —!" sä de lütt Stimm wedder. „Wat Wihnachenobend —? Hett sick bi di een üm Wihnachen quält? Hebbt se di frogt, wat du den Breef ook leeber ierst morgen hebben wullst? — Büst jo woll narrsch! Bi son Wedder? Un denn — medden in de Nacht — bi son Sneejagd — den ooln glitschigen Weg doar langs? Kannst di jo den Doot an de Kehln holn! Büst doch ook de jüngst ne mihr!"

„Joa, wenn ook!" sä Jann Beumer, un he sä dat woll mihr to sick sülben as to de lütt Stimm: „Dat is ober — — — dat is mien Deenst bi de Post, un is düttmol ook — Christenpflicht! — Ick loop doch noch eben langs, un bring jem de Kort hin!" Un denn lang he ook al wedder no sien ingelschleddern Büx un no sien Stebeln.

*

Bi Harm Fock un sien Leeno wür al allns dicht un düster. Se harrn ook keen Freid hatt vannobend, un würn al to rechten Tled up 'n Wlem kropen. — Slopen dan se ober noch ne, — jemehr Gedanken biestern noch jümmer hin un her un söchten jemehrn grooten feinen Hinnik, — — dat güng nu al in de achte Week — — mit dat oole „Vermißt" —

Lot uns nu man slopen!" harr Harm grode meent. „Mag jo woll doch noch all good warden."

Do käm Leeno mitmol hooch: „Mol still, Vadder! Doar kummt noch een! Doar is een bi de Dör!"

Nu kloppt dat ganz sinnig an 't Finster.

„Jo —? Keen is doar?"

„Ick bün dat, Leeno, — — Jann Beumer! Magst mol eben upmoken? Ick hebb noch wat för Joo!"

As son Wiesel wür Leeno ut 'n Alkoon rut, un rin in de wulln Slarpen, un denn an de Dör: „Wat hest denn, Jann? Hest goode Tieden?"

„Jo, Leeno, — dat hebb ick woll, — — hier, dat schink ick Joo beiden to Wihnachen! Is 'n Kort van Joon Hinnik, — he is good toweg, — is in Rußland — in Gefangenschaft, — un — —"

„Gott Loff un Dank! Oh, Jann, is dat woahr? Oh, du Minschenkinners! Harm! Jarm, wat van unsen Hinnik! Hinnik hett schreben!“

Harm Fock stünd ook al in de Döns un teug de Büx an: „Jo? Is dat woahr? — Komm doch noch ’n Oogenblick rin, Jann!“

„He is al wedder weg!“ sä Leeno. „Hett dat jo bannig hild vanobend. Villicht is sien Klaus jo up Urlaub kommen, —? He snack doar jo van — noletz!“

*

Jann Beumer wür al weg, — wür al wedder rin in de nattkoolte düstere Nacht, un güng still wedder no Hus.

„Will jem man leeber alleen loten“, dach he. „Will man wieder ne stüern, — is Wihnachenobend —! Un dat van mien’n Klaus — dat kann ick jem morgen noch vertelln, — oder de anner Week!“

Un dat wür em nu doch al meist ’n beeten wat lichter üm ’t Hart. Wür em doch meist, as wenn de leebe Gott — al wedder blangen em güng.

WAT TO 'N PEDDEN

Mien iersten dörteihn Joahr harr ick al lang vull, ober no vierteihn wür ick noch ne ganz ran. Do güng dat ook mol wedder up Wihnachen, un ick wür bannig neeschierig, wat ick düttmol nu woll kriegen dä.

För lütten Spelkrom wür ick nu jo al to groot, — un för groote Soken wür ick doch woll noch to lütt, — un doar twüschen — — geef dat jo goar ne recht wat.

„Mudder, wat meenst du woll —? Du weeß dat nu doch al —!? Segg 't mol!"

„Lot di man Tied!" segt Mudder. „Dat warst du jo noch frooh genoog gewoahr."

„Dat is wat to 'n Pedden", segt Vadder. „Un dat fangt mit 'n „Ka" an!"

„Vadder, wes' still!" segt Mudder. „An's holt de Kujees dat noch wedder weg!"

Un nu bün ick jo egolweg an 't Grübeln. Wat to 'n Pedden —? Son Schufkoar mit Sliepsteen — as de Schiernslieper harr — kunn 't doch woll ne wesen? Ne, wat schull ick doar woll ook mit? Ick käm doch — düssen Oostern al — ut de School, un wull denn ook — so bannig giern — gliek mit ünner Seils un no See.

Wat to 'n Pedden? Oah —! Villicht 'n Rad to 'n Foahrn? Son Fielippsipä —? Jo, son mit twee Röd, — un vör mit son Stangen to 'n Stüern! Son harr ick jo al jümmer mol hebben wullt.

Ober Vadder harr segt: Dat füng mit 'n „Ka" an?! Rad — — Foahrrad — — Fielippsipä — — doar wür doch goarkeen „Ka" mit twüschen?! Un doch schull dat wat to 'n Pedden wesen? Mit de Feut — oder mit een'n Foot to 'n Pedden?!

Ne, ick kunn dat mit 'n besten Willn ne rutkriegen, — un ick müß würklich teuben, bit dat sowied wür.

Un denn wür ’t Wihnachenobend, un de Kujees — de Wihnachtsmann — wür up de Del — un freug — dicht achter de Dör van uns’ lütt Döns — mit son ganz deepe Stimm: „Könt de Kinner ook beden?“

Un mien lütt Swester Karin rappel gau ehr lütt Riemels hindol, un kreeg ehrn Tüller mit Nöt un Appeln — un as „Bobenup“ ook noch ’n lütt feine Popp un ’n Griffelkasten, — — se schull Oostern no School. — Un för mi scheuf de Kujees — as ick mien Wihnachtsgedicht upsegt harr — ook son Tüller mit Nöt un Appeln dör de Ritz, — un brumm denn noch so sinnig ünner sien’n grooten Hoot rut: „Dien Bobenup steiht hier noheer up de Del. Dat döß du ober ierst rinholn, wenn de Husdör wedder klappt hett, un wenn Joon Mudder ook wedder mit in de Döns is!“

„Jo, is good, Kujees!“ Ick wüß dat jo al lang’: De Wihnachtsmann — dat wür uns’ Mudder sülben, se harr man blooß ’n ooln griesen Hoot upsett, un harr Julus Unkel sien oole griese Munkerjack an, — — ober ick wür doch jeedes Joahr wedder richtig son beeten benaut, alleeen van de Stimm.

Un denn klapp de Husdör, un de Kujees güng weg. — Un denn käm uns Mudder ut de Kök un wunner sick: „Wat —? Is he al hier wesen? Un uns’ Diern hett son feinen Kasten kregen?! Un son scheune Popp?! — — — Un uns’ Jung? Wat —? Hest du wieder goarnix kregen?“

„Doch, Mudder, — — steiht buten up de Del!“ Un denn döß ick jo rut, un döß kieken. Un denn stünden doar blooß — twee groote Püll Greunen-Koohl, — würn woll eben ierst so frisch van uns’ Land rin holt — un stünden doar nu pielup achter de Dör. Un ick wüß goar ne, wat ick doar mit anfangen schull: „Greunen Koohl —?“

„Greunen Koohl —?“ segt Mudder. „Van ’n Kujees —?

„Lot doch mol seehn!“ segt Vadder. „Bring doch mol mit rin!“

Un as ick de beiden Püll anfoten doo, do — — do wöt se goar ne recht mit, — — as wenn doar wat ünner sitt. — Un do — — do mark ick dat ierst: Doar sitt twee Stebeln ünner, — twee richtige groote Seestebeln, — ganz nee, — un ut dat beste swatte Ledder, wat 't man geben deit!

Junge! — Un ick nu jo — mit Hurroh un Halloh — mit de Stebeln in de Döns rin! Un denn den greunen Koohl doar rut! Un denn mien Schooh ut! — Un denn mit Teuhn un Feut un mit beide Been in de Stebeln rin! Oah, — wat för groote feine Dinger! Achter güngen se mi noch dree Finger breet öber de Kneekehln weg, — — un vör — meist bit no de Büxentasch rup! Oah wat fein! Wat fein!

De Kneen kunn ick doar noch ne so recht in beugen, ober — wenn ick up jeeder Siet een'n Finger in dat Ledderoog — boben an 'n Rand — steken dä, denn kunn ick doar doch good — mit stiebe Been — in hin un her trampen: — Bums! Bums! Bums!

Un dat scheunste wür jo för mi: Düsse Stebeln — düsse iersten eegen Seestebeln — de würn jo för mi dat groote „Jo!“ — nem ick al so lang' up luert harr, — — dat groote „Jo!“ van Vadder un Mudder „— — Jo, du döß Oostern ook mit ünner Seils un no See!“

Oh, wat kunn ick mi doar to freihn! Un wat bün ick mit de grooten Stebeln hin un her schächt, van een Eck in de anner!

Ober denn stünd ick ook wedder still, un keek Vadder liek in 't Gesicht: „Un du hest to mi segt: Dat füng mit 'n „Ka“ an —?!“

„Jo“, segt Vadder, „dat deit dat jo ook!‘

„Ick segg: „Stebeln — — oder Seestebeln — — oder lange Stebeln — — ward doch ne mit 'n „Ka“ schreben —?!“

To son Dinger as düsse“, segt Vadder, „hebbt wi blooß jümmer Kneestebeln segt, — — un Kneestebel fangt bi mi mit 'n „Ka“ an!“

„Oach so, jo denn — — denn kummt dat woll so hin. Ober du hest ook segt: Dat wür wat to 'n Pedden —?!“

„Noa —?!“ seggt Vadder. „Wenn dat nix to 'n pedden is —?! Twee son groote swoare faste Stebeln?! Wat beteres — to 'n Pedden — kann 'n sick doch goar ne dinken!

Un doar harr Vadder jo ook wedder recht: Wat beteres to 'n Pedden — — för mi — in 't Leben rintopedden — kunn dat jo goar ne geben!

NO WIHNACHEN

„Mit dat, wat ick sülben to Wihnachen kregen hebb“, segt Mandus Stroohsol, „doar bün ick fein mit tofreden. Ober mit dat, wat ick so an mien Lüd in ’n Hus’ — un an ’n poar van mien Fründen — geben hebb, — jä, ick weet ne, wat ick doar bi jeeden dat richtige dropen hebb.

Dat is jümmer son leidige Sok — mit dat ool Schenken: Entweder de Lüd hebbt dat al lang un seggt blooß: „Legg dat doar man hin!“ Oder se mögt dat ne lieden un — seggt goarnix.

Ick bün doar — vör Joahrn ook mol ganz dösig bi palloopen: Ick wull mien Beeken-Tante ’n groot fein Book to Wihnachen schinken, so een to ’n Lesen. „Lebensbeschreibung frommer Jungfrauen“ stund buten up den Deckel. Un binnen stünden denn woll son Stücker teihn lütte feine Geschichten van aller handheilige Froonslüd ut oole Tieden. — Ick dink: Dat is wat för Beeken-Tante, — de hett obends scheun Tied to lesen, un de geiht ook meist jeeden Sünndag no Kark, — de freit sick doarto! Un ick harr ook jüst mol up son lütten bunten Huskalenner den Spruch lest: „Wer seinen Freunden Bücher schenkt, zeigt, daß er hoch von ihnen denkt!“ Noa jä, kiek! Un Beeken-Tante wür doch „fründ an mi“, un ick dach ook würklich „hooch“ van ehr.

Wihnachenobend hol ick mi dat Book her, wickel mi dat fein in bunt Papier, un denn jo hin: „Beeken-Tante, — ick wünsch di goode Festdog! Un hier — dat hett de Kujees bi uns afgeben, — för die!“

„För mi —?“ segt Beeken-Tante, — un sett ehr Brill up, un wickelt dat Book ut, un kickt doar rin, — un kickt mi an, un schüttel mit ’n Kupp.

Ick segg: „Magst dat woll lieden?“

„Dat Book woll“, segt Beeken-Tante, „ober ick kann dat ne good lieden, dat du wat weggeben wullt, wat anner Lüd di blooß leehnt hebbt!“ —

„Leehnt hebbt —?“

— „Bring dat doar man wedder hin, nem du dat kregen hest!“ segt Beeken-Tante. Un wiest mit ehrn spitzen Finger up den grooten Stempel — vör up de ierste Siet: „Eigentum der evangelischen Seemannsmission in Hamburg!“

Ah, Mann! Doar harr ’k jo goar ne an dacht, un ook goar ne no keken. Un nu kunn ick jo wieder nix mihr moken as — ’n dumm Gesicht. Un denn man so sinnig wedder rut mit dat Book, un gau wedder no Hus! — — Ick gläuf ober allemol — un ick meen dat nu ook noch: Dat de Seemannspastur segt harr: „Ihr müßt die Bücher immer so behandeln, als wenn es eure eigenen wären!“

*

Jä, — un ’n Poar Joahr loter — wür ick good bekannt mit Hermine Winter, mit de Diern ut unsen Bäckerloden. De wür twee Joahr jünger as ick, ober wi harrn uns jümmer ’n barg to vertelln, un kunnen uns ook fein verdrägen. — Un nu harr se grode up ’n Wihnachenobend — harr se Geburtsdag, — ehr 23. wür dat jo woll. Un ick wull ehr ook ’n lütte Freid moken, — wüß ober ne recht: nem mit. — An son Book to ’n Lesen wog ick mi ne wedder ran. — Un do stünd in uns Blatt grode wedder wat von Bloomen: — Bloomen kämen jümmer un bi jeeder Fest to rechten Tied, un mit Bloomen kunn’n allns seggen, wat ’n seggen wull.

Un nu harrn uns Vadder un Mudder harrn grode acht Dog vör Wihnachen Sülbern Hochtied hatt, un harrn’ ’n ganzen Barg feine Bloompütt kregen, — teihn oder twölf Stück — gläuf ick, — de ganze Fensterbank stünd vull, — un de würn noch all genau so frisch — as wi jem kregen harrn.

Süh, — dat käm mi fein to paß. Den besten Putt söcht ick mit ut, son scheune witt Azülee, — wickel em scheun dreeduppelt in uns Blatt, un bröcht em — so eben in de Schummeree noch gau langs. — Un ick harr Glück: Hermine wür alleen in 'n Loden, un wür an 't Uppacken. — Toierst seeh se mi noch goar ne, ober denn dreih se sick üm, un — ick gläuf — se wür mi för Freid bald üm 'n Hals falln. —

„Oh, —!" segt se, — „dat du noch kummst —! Un denn sogoar mit Bloomen —? — Schall ick de hebben?"

— „To dien'n Geburtsdag un to Wihnachen!" segg ick.

„Oh, wat fein!" segt Hermine. Un denn wickelt se den grooten Putt ut un freit sick. Un will de Näs in de Bloomen steken, — un will jem ook mol rücken. — Un langt mit spitze Finger twüschen de Blöd, — un tüht doar son lütte stiebe Kort rut, — un hullt de son beeten no 't Licht — as wenn se doar wat up lesen deit. Un denn kickt se mi an un tuckst mit de Schullern. Un smitt de Kort up de Toonbank, un löppt ut 'n Loden no de Kök, un knallt de Dör achter sick to.

Un ick weet jo goarne, wat loos is. Ick kiek mi üm, wat ook keeneen achter mi steiht. Un denn lang ick ook no de lütt Kort un les: „Herzlichen Glückwunsch zur silbernen Hochzeit senden Frau Anna Winter und Tochter Hermine!"

Jä, — düttmol kunn ick nu ne mol 'n dumm Gesicht moken, — denn düttmol wür doar jo nüms, de dat seehn dä.

Ick kunn blooß noch mien'n Bloomenputt wedder ünnern Arm nehmen, — un kumm em wedder stillswiegens bi Mudder up de Fensterbank stelln.

*

Dat anner Joahr dink ick: „Müß to Wihnachen woll ook mol wedder an dien dree grooten Süstern dinken!" Ober ick weet man ne recht, mit wat? Mit son ooln Pappkasten mit allerhand seuten Snoopkrom in — mit Mokkaboohnen un Schokoladenklüten — hebb ick ne vel mit in 'n Sinn. —

De Dinger könt jo ne woahrn, — wenn de son fief söß mol hin un her schinkt ward, van een 'n to 'n annern, — denn mokt de söfte oder de achte, de em toletz würklich mol anbreken deit, doch jümmer 'n bannige Snut. Denn is dat all dreug un oolt, un smeckt ne no em un ne no ehr.

Ne, ick dink mi wat anners ut: Acht Dog vör Wihnachen goh ick — fein mit Slips un Krogen — no Albertus Kreuger hin un lot mi „afnehmen". Un as dat Bild kloar is, lot ick mi ierstmol een to Proow geben, recht son groot scheun „Kabinett-Format" mit 'n witten Rand. Un dat stek ick mi fein in 'n grooten Breefümslag, un goh up 'n Wihnachenobend no mien Lene-Süster langs un schink ehr dat.

Un Lene freit sick ganz dull, un legt dat Bild up de Komood. Un denn klöhnt wi noch son goode teihn Minuten — van freuhertieden, — un denn segg ick so bilütten wedder Adjüs. Un goh noch mol so eben — ohne dat Lene dat markt — an de Komood langs, un stek dat Bild wedder in de Tasch.

Un denn goh ick no mien Betti-Süster langs, un wünsch ehr goode Wihnachen, un schink ehr mien Bild. — Un Betti freit sick meist noch duller as Lene, un hantiert noch lang mit dat Bild rüm, un legt dat toletz up 't Eckschapp, blangen de Dör. Un denn snackt wi noch 'n ganze Tied van dütt un van dat, — un denn dreih ick mi so sinnig an 't Eckschapp vörbi — ut de Dör, — un nehm dat Bild wedder mit.

Un goh no mien Meta-Süster langs, un mok dat doar jüst so. —

Un den Dag no Wihnachen bring ick dat Bild wedder no Albertus Kreuger langs un segg: Dat is mi so doch noch ne good genoog worden, — he schull mi van düsse Proow man noch keen Biller moken, — ick wull denn leeber mol to Pingsten wedder kommen, wenn ick mien nee Padd Tüg an harr, un harr mien'n Panamahoot up.

Jä, kiek, — un so bün ick doar wedder fein billig van af kommen. Un mien dree Süstern meent ook nu noch jümmer — all dree: Se hebbt 'n fein Bild van mi kregen, — se hebbt dat man blooß vermusselt, — un könt dat ne wedderfinden. — Un dat mögt se mi ne seggen.

Un ick doo so, as wür ick 'n beeten dull, dat se mien Biller ne inrohmt un uphungen hebbt, — un — un schink jem nu för 't ierst nix wedder.

NIX AS DÜTT!

Wenn ick mi mol wat wünschen schull,
ick wünsch mi nix as dütt:
Noch eenmol wedder Kind to wähn,
ganz tutig, dumm un lütt.

Un denn — wenn 't Heilig-Obend ward — so in de Schummeree
ganz still in uns lütt Döns to stohn
bi Vadder an de Knee.

Un noch mol seehn, wat Licht üm Licht
sien'n Schien no boben smitt,
un allns wat bunt in 'n Dannboom hangt,
dat lücht un blinkert mit.

Un noch mol rüken, wenn an 't Füer
son lütten Danntilln swehlt.
Un noch mol lüstern, wat dat klingt,
wenn uns' lütt Speeldoos speelt.

Un noch mol, wenn dat buten kloppt,
so ganz vull Angst un Freid
mien lütt Gebett dör 't Halslock quäln —
so gau un good as 't geiht.

Un denn doar stohn mit 'n Fatt vull Nöt
un mit son heeten Kupp:
„O, Vadder, — Mudder, kiekt doch mol!
Ligt noch wat boben up!"

Dat is mien Wünschen Joahr för Joahr:
Noch eenmol wedder trück
in 't scheune stille Kinnerland,
in 't Land vull luder Glück!

Ick weet uns' Herrgott gift mi 't ne.
Man een Deel weet ick wiß:
Dat sick mien Jung dat jüst so wünscht,
wenn he mol sowied is.

DÜTT HEET DAT:

achter = hinten
Alkoon = Wandbett
allerwegens = überall

barg = viel
Baß, in de = ärgerlich
beeten = bißchen
biestern = hin- und hersuchen
blangen = neben
Blösch = starke Eisscholle
blött = geblutet
Bloompütt = Blumentöpfe
Böhm = Hausboden, Zimmerdecke
böhrn = heben
Boog = Bug, Kurs
Brand = Brandung
Bucht geben = nachgeben
butenkupps = auswendig
butenlands = im Ausland

Dagleuhner = Tagelöhner
Diern = Mädchen
Dießel = Deichsel
döft = getauft
Döns = Stube
Droht = Faden
drucksen = bedrückt sein
Dünung = langsame Wellen
Dutt = Haufen
dwarß = quer

Ebär = Storch
Eeber = Ewer, Fahrzeug
eenerwengs = irgendwo
eulich = ordentlich

Fatt = Teller
flabbig = unbeständig
Flögel = Windfahne am Mast
Flog = Schauer
Fock = Segel vor dem Mast
Fohm = Klafter
Fooln = Falten
fot = zu fssen

gau = schnell
Giekboom = Rundholz am Segel
gneterswatt = pechschwarz
Gör = kleines dummes Kind
gotlich = handlich, mittel
gröhln = laut rufen, singen
Gründen = Untiefen

Hanschen = Handschuhe
Heben = Himmel
heul = hielt, trug
Holt = Wald
hüllten = hölzern

inteehn = einziehen

Jantje = Durchschnittsmatrose
Jipp = Mund
jizzen = necken
juchen = kreischen

Kabuff = kleiner Raum
Kabuz = Wandbett
keeneen = keiner, niemand
Ketscher = Handnetz im Stil
kleuker = klüger
kloarklütern = zurechtbasteln
kluckern = plätschern
Klüber = Segel vor der Fock
Klüten = loß
knasch = unmittelbar, hart
knütten = knoten, stricken
Kot = Kate, auch für Wohnung
Kooje = Wandbett an Bord
Kujees = Weihnachtsmann (Kind Jesu)
Kurr = Schleppnetz

langssiet = neben, an der Seite
leddig = leer
liekut = gerade aus

miteens = miteinander, zusammen
Muratz = Morast

narms = nirgends
nau = genau
nem = wo
nerden = unten, seewärts
Noberslüd = Nachbarn
Nodel = Nadel (für Kompaß)
noletz = neulich
noog = genug
nüms = niemand

oberlingen = vielleicht, wahrscheinlich
öberstüer = zurück, rückwärts
Ontj = Ente
Ös = leichtes Scheltwort, Schlingel

Padd = Weg
Padd Tüg = Anzug
pall = fest, direkt
pedden = treten
Ploten = Schürze
potern = kindlich sprechen
preestern = lehrhaft reden, ermahnen
Puk = Bett
Pütt = Töpfe

Reff machen = Segel verkleinern
Rickels = Zaun
Riemels = Reime, Gedicht
Rietsticken = Streichholz
rinspleeßt = hineingeflochten
Robbenplot = Sandbank vor der Weser
Röd = Räder
Roof = kleines Deckshaus
Ru'er = Steuer

Schapp = Schrank
schächen = mit langen Schritten
Schoot = Haltetau am Segel
Schopskobeŋ = Schafstall
Schuerböhm = Schauerboden
schummerig = dämmerig
Seil = Segel
Sickbargens = kleine Eisberge
Sikkativ = Trockenöl
sieder = niedriger
sinnig = leise, vorsichtig
Slarpen = weiche Pantoffel
Slick = fester Schlamm
smeuken = rauchen
Smutt = Sprühregen
Snüerbanden = Schuhbänder
Snut = Schnauze
Splint = Türritze
Spijök = Streiche
stebens = mit großer Kraft
stickendüster = vollkommen dunkel
Stiert = Schwanz
Stoot = kurze Zeit
stribsen = scharf am Winde segeln
Strietschooh = Schlittschuhe
Stütten = Träger, Pfahl
stüttig = stetig, gleichmäßig
Sünnpläck = Sommersprossen
Süster = Schwester

Telln = Zweig
teuben = warten
Teuhn = Zehen
Tofoahrt = Anlauf
tofot = zu packen, fest
Tokel = Flaschenzug am Mast
Tühnkrom = Geschwätz

Utleggenbook = Bibelbuch
Utschott = Ausschuß, Abfall
utverschomt = unverschämt

vanobend = heute Abend
verklohmt = steif gefroren
Verschäl = Gutachten, Ansicht
versnaddelt = verwirrt
Vogelsand = Untiefe vor der Elbe
Voß = Fuchs, hellbraunes Pferd

Wall = Küste, Schutz
wiedleftig = weitläufig
Wiem = Hühnerstange (für Bett)
wieß = gewahr
Wisch = Wiese vor dem Dich
Woken = große Löcher im Eis
wonem = wo

Ziepeln = grundlos weinen
Zuckeldraf = leichter Trab